Underdanig Student og andre historier

Erika Sanders

Serie

Dominans og erotisk underkastelse

Forsidebillede: @ Engin Akyurt - Pixaba y, 2023

Første udgave: 2023

Synopsis

Denne bog består af følgende historier:

Underdanig Student

Meget forstående lægen

På kontoret

Underdanig Student er en roman med stærkt erotisk BDSM-indhold og til gengæld en ny roman, der tilhører samlingen Erotic Domination and Submission, en serie af romaner med højt romantisk og erotisk BDSM-indhold.

(Alle karakterer er 18 år eller ældre)

Bemærkning om forfatter:

Erika Sanders er en kendt international forfatter, oversat til mere end tyve sprog, som signerer sine mest erotiske skrifter, langt fra sin sædvanlige prosa, med sit pigenavn.

Indeks:

UNDERDANIG STUDENT OG ANDRE HISTORIER
ERIKA SANDERS

UNDERDANIG STUDENT

FØRSTE DEL
ANBEFALINGSBREV

KAPITEL I

Cynthia sad uden for professorens kontor.

De afsluttende eksamener nærmede sig, hvilket betød, at professoren ville have travlt med at møde de studerende.

Han ventede mindst tyve minutter, mens lærerens dør forblev lukket.

Jeg var lidt nervøs og ventede på denne lærer, som typisk var streng.

Da døren gik op, så han læreren tale med en anden elev, som var ved at gøre klar til at gå.

Cynthia rejste sig, da den anden studerende gik, og professoren rettede sin opmærksomhed mod hende.

Han var en høj, velklædt mand, gift og omkring halvtreds år gammel.

"Cynthia, det er godt at se dig," sagde han. "Har du en date?"

"Nej. Jeg er ked af det, professor. Det her er noget i sidste øjeblik."

"Jeg er sikker på, at du kender min politik med hensyn til møder. Jeg håber, der bliver lavet en aftale først, ellers ville der altid være en lang kø uden for min dør."

Hun tog en dyb indånding og søgte at samle tillid.

"Jeg er klar over det. Men der er ingen her lige nu. Jeg er sikker på, du kan gøre en undtagelse for mig."

"Godt. Kun fordi du er en hårdtarbejdende studerende. Kom ind."

Han viste et mærkeligt smil og gjorde tegn til hende om at komme ind på hans kontor, og lukkede derefter døren.

Professoren sad bag sit skrivebord, og Cynthia sad foran ham.

"Hvordan kan jeg hjælpe dig?" spurgte han og satte sig godt til rette i sit sæde.

"Jamen, jeg har tænkt meget på det seneste, og jeg har besluttet at søge ind på jurastudiet til næste år. Jeg har allerede taget adgangskurset og nåede at få en høj score. Mit gennemsnit er også over B+."

Han nikkede.

"Et interessant valg. Jeg tror, du vil klare dig meget godt på jurastudiet. Det er ikke let, men du har bestemt personligheden og hjernen til at gøre det."

"Tak," smilede han.

"Jeg formoder, du vil have et anbefalingsbrev fra mig?"

"Det er derfor, jeg er her. Du er den første lærer, jeg nogensinde har spurgt, og jeg håber virkelig, du vil gøre det for mig."

"Så, jeg er dit første valg? Hvorfor? Jeg er nysgerrig."

Cynthia følte sig lidt skræmt.

"Jamen, han har et godt ry på dette universitet. Og han er også afdelingsformanden, som jeg tror vil se godt ud på min ansøgning."

"Jeg har også forbindelser til de bedste juraskoler. Vidste du det?"

Hun nikkede frygtsomt.

"Jeg vidste det. Jeg mener, jeg hørte det fra andre studerende. Men jeg var ikke sikker på, om det var sandt eller ej."

"Jeg har nære venner, som er i optagelsesudvalget på nogle af de bedste juraskoler. Derfor er mine anbefalingsbreve meget nyttige."

"Vil du overveje at skrive et brev til mig?" spurgte hun i en frygtsom tone.

"Det kan jeg ikke," svarede han ligeud. "Desværre er du for sent."

"Hvorfor? Deadline for ansøgninger om jurastudier er begyndelsen af næste år."

"Sandt. Men jeg skriver kun to anbefalingsbreve i slutningen af hvert semester. Det er min personlige politik. Ellers ville jeg være nødt til at skrive breve til alle. Så ville mine anbefalinger være ubrugelige, da enhver af mine studerende kunne Få en. Giver det mening for dig, Cynthia?

"Har det."

"Hvis du var kommet før, så havde jeg gjort det for dig. Du er en af de dygtigste studerende, jeg har haft i de senere år. Og det betyder meget, da dette universitet er fyldt med dygtige studerende." "

"Hvis du synes, jeg er en af dine bedste elever, hvorfor kan du så ikke gøre en undtagelse for mig?" bønfaldt hun.

"Jeg fortalte dig det. Min regel er to anbefalinger pr. semester. Jeg følger altid mine regler. I alle mine år med undervisning har jeg aldrig gjort en undtagelse. Nogensinde."

Hun holdt kort hovedet nede, inden hun kom til ro.

"Jeg forstår," svarede hun og forberedte sig på at tage af sted. "Tak for din tid, professor."

"Vent," sagde han og stoppede hende. "Du ved godt, at jeg går på pension i år, ikke?"

"Ja, jeg har hørt det".

"Dette bliver min sidste undervisning på semesteret. Jeg kunne skrive et anbefalingsbrev til dig i begyndelsen af næste år, og du kunne søge ind på jurastudiet inden deadline. Det ville være inden for mine regler."

Cynthia smilede.

"Det lyder godt. Mange tak, professor. Det betyder virkelig meget for mig."

"Jeg siger ikke, at jeg vil. Jeg siger, at jeg kunne."

"Åh, hvad skal jeg så gøre?"

"Fortæl mig først, hvorfor du vil gå på jurastudiet. Hvad er dit ultimative mål?"

Han tænkte et øjeblik på at komponere et godt svar.

"Jamen, jeg har altid ønsket mig en karriere, hvor jeg kunne være en stor fortaler for kvinder. Jeg er næsten færdig med mit hovedfag i kvinde- og kønsforskning. Jeg har tænkt på at blive journalist, hvor jeg kunne berette om forskellige emner. Men mine forældre sagde altid til mig "De har opfordret mig til at prøve jura. Jeg har tænkt på det hele semesteret, da jeg er tæt på at blive færdig. Efter meget overvejelse har jeg besluttet, at det er noget for mig at studere jura."

Han nikkede.

"Du har bestemt tænkt meget over det her."

"Ja, det har jeg."

"Hvad med dine akademiske resultater indtil videre? Noget jeg burde vide?"

tænkte hun ved sig selv igen.

"Jamen, jeg har skrevet flere essays i nogle af mine klasser, der fokuserer på kvinders rettigheder, farvede kvinder og forskellige sociale spørgsmål i dette land og rundt om i verden. Jeg fik et A på dem alle."

"Det er ikke overraskende. Du ser mig som en meget intelligent pige. Det kan jeg godt lide ved dig."

"Tak," hun rødmede.

"Send mig alle de essays, du nævnte. Jeg vil gerne se på dem, før jeg træffer min beslutning."

"Selvfølgelig."

"Jeg kan virkelig godt lide dig, Cynthia," sagde han. "Jeg synes, du er enormt talentfuld. Kvinder som dig er fremtiden for dette land. Hvis du kan overbevise mig om, at du har en reel interesse i at ændre tingene, så vil jeg personligt kontakte mine venner på de bedste juraskoler, og gøre alt muligt for at få dig ind. Hvordan lyder alt det for dig?"

"Det lyder vidunderligt, professor," sagde hun med et strålende smil. "Jeg er sikker på, at du vil blive imponeret over, hvad jeg har at tilbyde."

"Det er jeg ikke i tvivl om. Nu, hvis du vil undskylde mig, så har jeg en aftale planlagt om cirka fem minutter."

"Åh, selvfølgelig. Mange tak."

Cynthia rejste sig og trykkede forsigtigt professorens hånd, mens han blev siddende bag sit skrivebord.

Da han forlod kontoret, gjorde han sit bedste for at begrænse sin begejstring.

KAPITEL II

Da Cynthia vendte tilbage til sin lille lejlighed, gik hun direkte til sin værelseskammerats værelse og så, at døren stod på vid gab.

Teresa lå i sengen og brugte sin bærbare computer til at tjekke de seneste sladdersider ud.

"Lad os se om du kan gætte det?" spurgte Cynthia retorisk. "Faktisk vil jeg sige det til dig. Han indvilligede i at skrive et anbefalingsbrev til mig. Kan du tro det?"

Cynthia kom ind på værelset og satte sig på sin værelseskammerats seng.

"Det er fantastisk! Hvordan var det at være alene med ham? Var det akavet? Den fyr er hård som røv."

"Det var bestemt skræmmende, det kan jeg fortælle dig."

"Og han gik med til at skrive et brev til dig?" spurgte Teresa. "Jeg har hørt så mange historier om smarte studerende, der er blevet afvist af idioter som ham."

"Jeg tror, jeg fik ham i godt humør," trak Cynthia på skuldrene. "Men det bliver en svær proces. Han vil gerne snakke lidt mere med mig, og så vil han skrive et brev til mig næste år."

"Næste år? Jeg læste, at hvis man søger tidligt ind på jurastudiet, får man en lille fordel ved optagelser."

Cynthia smilede.

"Jeg ved det. Men han har forbindelser til nogle af de bedste juraskoler. Han sagde også, at han ville være villig til at kontakte ham personligt på mine vegne, hvis jeg kan overbevise ham om, at jeg er det værd."

"Åh wow! Det er fantastisk."

Teresa lænede sig frem og gav sin veninde et stort kram.

"Tak skal du have."

"Hvordan vil du helt præcist overbevise ham? Den fyr er ikke nem at behage."

Cynthia trak på skuldrene.

"Jeg tror, jeg er nødt til at vise ham nogle gamle essays, jeg har skrevet. Han var lidt vag omkring det hele. Men jeg er ret sikker på alt det her. Jeg tror, han kan rigtig godt lide mig. Han sagde en masse pæne ting ."

"Nå, hvis nogen fortjener at drage fordel af deres forbindelser, er det dig."

"Tak. Jeg krydser fingre. Jeg håber bare ikke han ændrer mening."

"Det ville være det største piktræk i verden, hvis jeg ændrede mening," svarede Teresa. "Man ved dog aldrig. Men du kan ikke ændre mening."

Cynthia smilede.

"Du har ret. Men jeg har stadig brug for at imponere ham. Jeg vil gøre, hvad det kræver. Stol på mig."

"Det tror jeg."

KAPITEL III

Det var sent på aftenen, da Cynthia allerede var færdig med at gennemgå sine gamle filer.

Hun havde organiseret alle de bedst bedømte essays, hun havde skrevet.

Så vedhæftede han dem til en fil.

Han lagde også sidste hånd på sin afsluttende opgave til professorens klasse.

Hun læste den sidste artikel flere gange for at sikre sig, at den var perfekt.

Dette var hendes chance for at imponere manden, der potentielt havde nøglerne til hendes fremtid.

Han vedhæftede alt i en e-mail og skrev en besked til professoren:

"Hej lærer,

Jeg håber, han klarer sig godt. Mange tak fordi du mødte mig i dag. Jeg ved, du er en meget travl person. Jeg har vedhæftet alle de essays, jeg gerne ville se. Jeg har A'er på dem alle.

Jeg vedhæftede også mit afsluttende projekt for hans klasse, som jeg gennemførte før tid. Jeg håber alt er tilfredsstillende. Fortæl mig venligst, hvis du har brug for andet fra mig, eller hvis du gerne vil mødes igen for at diskutere noget relateret til anbefalingsbrevet. Jeg sætter virkelig pris på alt dette.

Alt det bedste,

"Cynthia"

Han sendte mailen, og hun åndede lettet op.

Hun havde siddet foran sin computer i flere timer, med meget lidt hvile, for at sende professoren dokumenterne så hurtigt som muligt.

Med tiden tilbage før middag tjekkede Cynthia sine Facebook-opdateringer for at se, hvad der var nyt i hendes omgangskreds.

En indkommende e-mail ankom.

Det var et svar fra læreren:

"Vi ses på mit kontor. Mandag klokken ni om morgenen."

Cynthia var lidt forvirret over professorens kryptiske og korte svarmail.

Hun spekulerede på, om han overhovedet havde gidet at se på nogen af de vedhæftede dokumenter, på grund af hvor hurtigt han havde reageret, og om han havde brugt de sidste par timer på at arbejde så hårdt for ingenting.

På dette tidspunkt modtog han endnu en e-mail.

Det var et andet svar fra læreren:

"Vi vil diskutere vilkårene i anbefalingsbrevet."

Det var den besked, hun ønskede.

Hun smilede for sig selv, da hun vidste, at professorens forbindelser til de bedste juraskoler var inden for rækkevidde.

Års hårdt arbejde gav endelig pote.

Det eneste, han behøvede at gøre, var at gøre, hvad læreren ville.

ANDEN DEL
STUDENT BESLUTTET

KAPITEL I

Mandag.

Tidligt om morgenen.

Cynthia ventede udenfor professorens kontor i et semi-formelt jakkesæt.

Hun ville fremstå sofistikeret for læreren.

Hun ville bevise, at hun var det værd.

Han ankom præcis klokken ni om morgenen.

Han holdt en lille, almindelig papirpose og kiggede knap på Cynthia, da hun rejste sig for at hilse på ham.

De gav hinanden hånden, så åbnede han kontordøren og lukkede hende ind.

Så lukkede han døren.

Situationen var noget akavet, da professoren forberedte sit skrivebord og tændte for sin computer, mens han tilsyneladende ignorerede den universitetsstuderende, der stod foran ham i lokalet.

"Jeg håber, du havde en god weekend," sagde hun og brød spændingen.

Professoren sad bag sit skrivebord, og Cynthia sad foran ham.

"Jeg havde en fantastisk weekend," svarede han. "Jeg brugte det meste på at sortere papirer. Men jeg havde også tid til andre aktiviteter. Hvad med dig?"

"Hovedsagt skolearbejde. Jeg har læst hårdt til eksamen og skrevet papirer til andre klasser."

Han nikkede.

"Som det skal være."

"Apropos det, har du læst de dokumenter, jeg sendte dig?"

"Nej, det har jeg ikke," svarede han ligeud.

"Åh, jeg troede, jeg havde brug for dem..."

"Jeg vil ikke se på dem, Cynthia. Jeg er ikke interesseret i at læse dine essays til andre klasser. Det har jeg ikke tid til."

"Betyder det, at du vil give mig anbefalingen uden at skulle læse dem?" spurgte hun forsigtigt.

"Svarede ikke. "Du skal stadig tjene det."

"Hvad skal jeg så gøre?"

Han så på hende med et skarpt blik.

"Er du en diskret person, Cynthia?"

"Hvad betyder det?"

"Er du i stand til at holde på en hemmelighed?"

"Jeg har altid været en troværdig person. Hvorfor?"

"Jeg er meget interesseret i dig," sagde han. "Jeg er fascineret af dig. Men du bliver nødt til at love mig, at alt, hvad vi diskuterer, vil forblive fortroligt. Kan du gøre det? Hvis det hele lykkes, lover jeg, at jeg vil gøre mit bedste for at få dig til hvilken som helst skole du vil have. Og jeg holder altid mine løfter."

Cynthia tog en dyb indånding og forsøgte at bevare roen.

Hun var ikke sikker på, hvor samtalen skulle hen, men hun kunne lide resultatet.

Hun ville have hans hjælp.

"Jeg lover. Alt, hvad vi diskuterer, vil være en hemmelighed."

Han nikkede langsomt.

"Det er jeg glad for at høre."

"Må jeg spørge, hvad det her handler om? Jeg forstår stadig ikke, hvad du vil have af mig."

"Du har taget tre af mine kurser, ikke sandt?"

"Det er sådan det er."

"Du har altid fascineret mig," sagde han. "Siden den dag, vi mødtes, har jeg fundet dig som en interessant person. Og jeg har altid nydt at læse dine essays. Faktisk læser jeg nogle gange stadig dine essays for at være ærlig. Dine tanker om kvinders rettigheder og kvinders seksuelle friheder er ret dybtgående."

"Tak min Herre".

"Jeg har en opgave til dig," sagde han. "Det er helt ude af dagsordenen. Ingen vil nogensinde vide det. Det er klart, det er valgfrit. Men hvis du gør det, vil jeg give dig et automatisk A i min klasse og hjælpe dig med at komme ind på en top-tier jurastudie."

Cynthia nikkede tøvende.

"Godt."

"Det er en læseopgave. Jeg vil have dig til at læse det materiale, jeg tildeler dig. Og i morgen vil jeg gerne have, at du er her igen klokken ni om morgenen, klar til at diskutere det."

Professoren tog den brune papirpose og lagde den på sit skrivebord foran Cynthia.

"Hvad handler læseopgaven om?" spurgte hun forvirret.

"Alt i denne taske er til dig. Betragt det som en gave. Åbn det ikke før sent om aftenen. Og jeg vil have, at du læser den markerede historie, før du går i seng. Jeg vil have din indsigt på grund af dit interessante perspektiv på kvinders problemer. Kan du gøre dette for mig?"

"Kan."

"Godt," nikkede han. "Nu, hvis du vil undskylde mig, jeg har en travl dag. Jeg er sikker på, at du også har travlt i dag ."

"Tak professor."

Cynthia rejste sig og gav professoren hånden.

Så tog han den brune taske og forlod kontoret.

Han gad ikke kigge ind i tasken.

Jeg var for bange for at se.

KAPITEL II

Den nat lå Cynthia i sengen med lysene tændt.

Han havde netop afsluttet sin strenge aftenstudierutine.

Hans øjne gjorde ondt.

Og hun var mentalt udmattet.

Han kiggede på bordet ved siden af sin seng og så den brune taske.

Han havde næsten glemt det.

Så natten var ikke slut endnu.

Han satte sig på sengen og tog posen.

Da Cynthia åbnede posen, blev hun chokeret over, hvad hun så.

Der var en moderat størrelse lyserød dildo, som var formet som en mands penis.

Han tog den op og kiggede på den og spekulerede på, om det var en fejl.

Måske gav læreren mig den forkerte taske?

Hvorfor har han det?

Men han konkluderede, at der ikke var nogen fejl.

Professoren var for præcis og intelligent til at begå den slags fejl, mente han.

Hun lagde dildoen på sin seng og rakte ned i bunden af posen.

Det eneste der var også en meget stor bog.

Det var gammelt og slidt.

Hun kiggede på omslaget.

Det var en opsamlingsbog med flere BDSM-historier.

Han kiggede på indekset for at se, at alle historierne handlede om sex.

Og ikke bare enhver form for sex, men historier om dominans og underkastelse.

"Dette er seksuel chikane!" Tanke.

Cynthia lukkede bogen og lagde den på det nærliggende bord.

Jeg var vred, chokeret og ked af det.

Hun vidste ikke, hvordan hun skulle føle.

Så huskede han lærerens kommentar, at læsning var valgfri.

Hun mente, at hun måtte gøre, hvad han bad om.

Men så ville hun heller ikke få noget.

Efter at have tænkt sig om et par øjeblikke indså han, at der ikke var nogen skade.

Det var bare en bog.

Det eneste, han skulle gøre, var at læse, hvad han ville have scoret, og diskutere det med læreren.

Så ville hun få lærerens hjælp.

Dildoen ville senere gå i skraldespanden, hvor den hørte til.

Efter en dyb indånding tog hun bogen og lænede sig op af puden for at blive godt tilpas. Der var et bogmærke i midten af bogen. Han åbnede den for at finde den historie, læreren havde tildelt ham.

Hun begyndte at læse.

~~~

Historieopsummering:

Erika var en selvstændig kvinde, kunstner og feministisk aktivist for kvinders rettigheder.

Han drev et succesfuldt kunstgalleri i byens centrum.

Han bliver kontaktet af en mand ved navn Robert, som tilbyder at sælge ham noget af hans eget arbejde.

Han viser hendes billeder, og hun er meget imponeret over de malerier, der dukkede op på hans billeder.

Men da hun besøger hans lille atelier, opdager hun, at det meste af hans arbejde er relateret til BDSM, og det kom ikke med på hans billeder.

På væggen var billeder af kvinder bundet og fornøjet.
~~~

Erika fortæller høfligt til Robert, at hun er uenig i indholdet af hans malerier, og afslår derefter hans tilbud om at købe et kunstværk.

Dage senere fortsætter Robert med at anmode om et forretningsforhold med hende.

Han mailer hende flere af sine billeder, som denne gang viste kvinderne bundet og kneblet.

Så var der billeder af kvinder i forskellige tilstande af intens orgasme.

Erika følte sig i konflikt med billederne.

Hun syntes, de var uanstændige, men i god smag.

De var bestemt stimulerende for hende på en eller anden måde.

Hun var fascineret.

Hun indvilligede i at møde ham igen for at diskutere en mulig aftale.

I sit lille studie overbeviste Robert hende om, at BDSM ikke var så slemt.

Han overbeviste hende om, at det var noget smukt, og at kvinder fik megen glæde.

Erika var skeptisk, men indvilligede i at opleve let trældom på Roberts anmodning.

Det åbnede døren for, at han kunne få Erika som sin nye BDSM-fetich.

~~~

Efter at have læst historien, fandt Cynthia sig selv en smule ophidset.

Med stresset ved de kommende afsluttende eksamener var sex det sidste jeg tænker på, men historien ændrede det.

Hun var våd mellem sine ben.

Jeg var fascineret af karaktererne.

Hun blev betaget af ideen om, at den kvindelige karakter i historien blev bundet op og brugt seksuelt.
~~~

Pludselig virkede den brune taske-dildo ikke som en så dårlig idé længere...

KAPITEL III

Den næste dag.

Cynthia sad foran lærerens skrivebord.

Han så bare på hende uden at sige et ord.

Han tog endnu en tår af sin kaffe.

Jo længere stilheden varede, jo mere ubehagelig blev hendes genforening.

"Jeg vil gerne vide, hvordan det fik dig til at føle," sagde han og brød tavsheden. "Jeg vil gerne vide, hvordan dit sind fungerede i alle detaljer. Er du okay med det?"

"Jeg er."

"Har du læst historien, jeg har tildelt dig?"

"Det gjorde jeg. Jeg syntes, det var godt skrevet."

"Hvad syntes du ellers om det?" spurgt. "Hvad syntes du om udviklingen af hovedpersonen?"

Cynthia standsede et øjeblik.

"Jeg tror, at hovedpersonens udvikling er fælles for mange mennesker. Jeg har forsket meget i seksualitet gennem årene. Folk opdager konstant deres feticher gennem hele deres liv. Der er absolut intet galt med seksuel udforskning "Det er en del af være menneske."

"Tror du, den historie var realistisk? Tror du, at sådan noget kunne ske for en troende feminist?"

"Hvorfor ikke?" hun svarede . "Karakteren i den historie er menneskelig som alle andre. Det faktum, at hun er feminist, har sandsynligvis givet næring til tabuet om at være underdanig over for en dominerende mand. Bare fordi nogen er feminist, betyder det ikke, at de ikke kan nyde et tilfredsstillende sexliv . ".

Han smilede.

"Du er en meget intelligent pige. Jeg nyder at lytte til din indsigt."

"Betyder det, at jeg har fået din anbefaling?"

"Ikke endnu. Jeg vil gerne vide, om du brugte det legetøj, jeg gav dig. Brugte du det på dig selv, mens du læste historien? Eller brugte du det bagefter?"

Et forbløffet blik viste sig i hans ansigt.

"Hvad betyder det?"

"Brugte du dildoen på dig selv?"

"Jeg...jeg kan ikke se, hvordan det er din sag."

"Det, du siger, vil være fortroligt. Jeg går på pension ved udgangen af året, husker du? Om et par uger mere vil du ikke se mig igen."

Hun tænkte sig om et øjeblik.

"Jeg brugte dildoen på mig selv efter at have læst historien."

"Hvad tænkte du?"

"På hovedpersonen i slutningen af historien. Du ved, at blive bundet."

"Har du altid haft en trældomsfetich?" spurgte han .

"Jeg synes ikke, det er passende. Jeg har allerede gjort alt, hvad du bad om."

"Vi har stadig god tid," svarede han. "Du er en meget speciel pige. Du arbejder hårdt og er meget målrettet. Jeg sætter pris på de egenskaber, og jeg ønsker, at du skal opleve livets glæder. Jeg forsøger ikke at narre dig. Du bør stole på mig i det her."

"Hvad vil du have mig?"

"Lige nu giver jeg dig en anden opgave."

"Vil det være den sidste?"

"Måske," svarede han. "Lige nu har du et A i min klasse. Det er alt. Hvis du lytter til mig, vil jeg bruge mine forbindelser på dine vegne."

"Godt," nikkede hun.

"Læs den syvende historie i den bog. Så vil jeg have dig til at onanere med dildoen. I morgen mødes vi igen. Vi vil tale om historien. Og jeg vil have, at du fortæller mig alt om din orgasme. Kan du gøre det? "

"Ja."

"Godt. Og vi mødes ikke på mit kontor. Jeg sender dig mødestedet i morgen tidlig. Forstår du?"

"Lover du at bruge dine forbindelser til mig?"

"Jeg lover."

"Så er det en aftale."

TREDJE DEL
REDDEN NEDERSTE DEL

KAPITEL I

Senere samme aften.

Cynthia og Teresa vaskede opvasken sammen efter middagen.

De havde også lavet mad sammen.

Efter at have tørret og lagt opvasken på stativet lagde Teresa håndklædet fra sig og lænede sig op ad disken.

"Dette er den værste sidste uge i mit liv," stønnede Teresa. "Hvorfor skulle jeg studere biologi?"

"Fordi du gerne vil gøre gode ting med dit liv. Det vil være det værd."

"Så du tænker?"

"Jeg håber det," Cynthia trak på skuldrene.

"Nå, det er betryggende."

Cynthia lænede sig også op ad køkkenbordet og kiggede på sin bedste veninde.

"Jeg kan ikke tro, hvor langt vi er nået," sagde han. "Vi plejede at snakke om at være voksne, da vi var unge. Se nu på os. Vi er ved at have store karrierer."

Teresa smilede.

"Et semester mere, og så er vi ikke bofæller mere. Det får mig til at græde ved at tænke på det."

"Vi skal nok klare os. Det er til det bedste."

Teresa nikkede med hovedet.

"Du har ret. Som tingene går, er du på vej til den bedste juraskole i landet."

"Den aftale er ikke indgået endnu."

"Hvad sker der alligevel med den fyr? Hvorfor skriver han ikke bare det forbandede og får det overstået som en normal professor?"

"Han vil bare være grundig, det er alt," svarede Cynthia. "Jeg tror, vi afslutter efter endnu en runde spørgsmål om min akademiske historie og mine fremtidige mål. Og den slags."

"Hvis jeg ikke vidste bedre, ville jeg sige, at den fyr er interesseret i at have noget med dig," svarede Teresa med et dårligt ordspil.

"Hvad får dig til at sige det?"

"Den måde, han kalder dig ud i klassen. Den måde, han ser på dig. Det er sådan set indlysende, ja, for mig i hvert fald."

"Han behandler alle ens i klassen. Desuden er han gift."

"Det er mærkeligt, at jeg har brugt så meget tid sammen med dig på det seneste," bemærkede Teresa. "Er du tilfældigvis forelsket i ham?"

"Ingen!" Cynthia reagerede med morskab og rædsel. "Hvordan kan du sige sådan noget?"

Teresa lavede et sjovt ansigt.

"Gud. Jeg undrede mig bare. Jesus. Vær ikke så defensiv."

"I hvert fald er der masser af tid til at spøge med alt det her senere. Lige nu skal jeg studere. Du er ikke den eneste person med brutale eksamener."

"Så må vi hellere komme til bøgerne."

"Det er sådan det er."

KAPITEL II

Efter at have lukket døren, lå Cynthia behageligt på sengen og lænede sig op ad puden.

Det var hans yndlingsstilling at studere.

Hun gennemgik hurtigt bøgerne og noterne fra sine timer.

Hun var allerede forberedt, og alt var forud for tidsplanen.

Han lukkede materialet og hvilede kort øjnene.

Lærerens lektier ventede stadig.

Han spekulerede kort på, om Teresa havde ret i, at hun var ved at udvikle et lille forelsket i ham.

Den magt, han havde over hende, var et stort tabu.

Cynthia lagde sine skoleting til side og hentede den store BDSM-bog. Han vendte tilbage til sin komfortable stilling på sengen og åbnede bogen til historie syv.

Han begyndte at læse.

~~~

Historieopsummering:

Samantha var en succesrig forretningskvinde.

Hun havde et stort kontor i et firmakontor.

Han havde vænnet sig til at give ordrer til stærke mænd.

Firmaet, han arbejdede for, var blevet opkøbt af et andet firma.

Pludselig fik hun en ny mandlig chef.

Samanthas nye chef var meget anderledes end nogen, hun havde arbejdet med tidligere.

Den nye chef blev ikke skræmt af hende eller hendes skønhed.

Han udstrålede selvtillid, og Samanthas sexappeal virkede ikke på ham.

Han etablerede sig straks som den ansvarlige.
~~~

Han etablerede sig som deres overordnede.

Ved slutningen af historien havde hun ugentlige besøg fra ham på sit private kontor for at lade ham vide, at hun var underdanig.

Samantha fandt sig selv bundet og pisket på sit eget skrivebord.

Han brugte det hul, der passede ham bedst.

Nogle gange kneppede han hendes mund, andre gange kneppede han hende analt.

Dette var hans nye rolle i virksomheden.

~~~

Cynthia lukkede bogen og spredte sine arme og ben på sengen.

Der var en prikkende fornemmelse mellem hendes lår.

Inderst inde fik det hende til at føle sig skyldig at blive tændt af en historie, hvor en mand seksuelt nedværdigede en stærk kvinde.

Men hun var spændt alligevel.

Lærerens opgave var klar: Han ville have hende til at bruge dildoen.

Han rakte ned i sin skuffe for at få fat i sexlegetøjet.

Så tog han undertøjet helt af.

Hun lå på sengen med spredte ben og begyndte at kærtegne sin fisse med fingrene.

Da hun var tilstrækkeligt ophidset og våd, stak han sexlegetøjet ind.

Legetøjet gik ind og ud af hendes fisse.

Han holdt øjnene lukkede.

Hun forestillede sig uhyggelige tanker om, at den kvindelige karakter i bogen blev kneppet mundtligt, mens hun var bundet til hendes skrivebord.

Hun forsøgte at holde sin onani stille, så Teresa ikke ville høre hende.

Hans sind blev holdt travlt, og det samme var hans fingre, der guidede sexlegetøjet.

Inden længe krøllede hans tæer og hans ryg krummede lidt.

Hun lukkede munden for ikke at lave høje stønnelyde.
~~~

Hun kom.

Så slappede hans krop af, og han lagde sig på sengen med en følelse af lykke.

Det havde været en meget beskidt fantasi.

Hvis bare jeg havde opdaget det før...

KAPITEL III

Den næste dag.

Klokken var otte om morgenen.

Cynthia havde fulgt instruktionerne, som professoren havde sendt hende via e-mail.

Hun var iført en flot top med knapper og en blyantnederdel af kontortypen.

I stedet for at mødes på hans kontor mødtes de uden for et tomt klasseværelse, som han låste op med sin nøgle.

Han bar en papirpose.

Da de kom ind i klasseværelset, låste han døren.

"Sæt dig," sagde han og tændte lyset.

"Jeg er lidt nervøs i dag," sagde Cynthia nærmest legende, da hun gik gennem det tomme rum.

"Fordi?"

"Alt det, vi har lavet. Dette klasseværelse."

"Vær ikke nervøs," svarede han. "Det behøver du ikke at være."

"Jeg håber ikke."

Cynthia sad på forreste række i det store klasseværelse.

"Godt valg," smilede han. "Gode piger sidder altid på forreste række. Jeg kan godt lide gode piger."

"Har du gjort det før?"

"Gjorde hvad?"

"Dette," svarede hun. "Har du fået andre studerende til at gøre seksuelle ting for dig i bytte for dit anbefalingsbrev eller en god karakter?"

"Jeg har en prestigefyldt akademisk karriere, Cynthia. Jeg ville ikke risikere mit omdømme ved at indkalde tjenester fra tilfældige studerende."

"Hvorfor så gøre det mod mig?"

"Fordi du er speciel," sagde han ligeud. "Du har fascineret mig siden første gang, jeg så dig. Du har fascineret mig, hver gang du taler i klassen, og hver gang jeg læser dit arbejde. Du er en speciel person. Og du er den smukkeste elev, jeg nogensinde har haft."

"Smigrerende ord, men hvordan ved du, at jeg ikke vil klage over dig for seksuel chikane? Jeg har gjort det før med andre mænd."

"Det vil du ikke. Du er for fast besluttet på at afslutte det her nu. Jeg har noget, du desperat ønsker. Så skal vi begynde nu? Jo før vi starter, jo før bliver vi færdige."

Hun nikkede langsomt.

"Frem."

"Læste du historien i går aftes?"

"Jeg gjorde det."

"Hvad synes du om det?"

Hun tænkte sig om et øjeblik.

"Jeg syntes, det var spændende. Jeg havde aldrig læst den slags før. Jeg har altid følt, at sex skal være lige mellem mænd og kvinder. Alt skal være lige. Og selvfølgelig er mine politiske holdninger til den feministiske side. Men det var meget spændende at læse den. Jeg elskede den."

"Jeg går ud fra, at du onanerede med dildoen igen."

"Jeg gjorde."

"Hvad tænkte du specifikt på, da du gjorde det?" spurgt.

"Den kvindelige karakter er bundet til sit skrivebord. Hun bliver brugt. Den slags. Det var den mest erotiske del af historien."

Professoren gestikulerede mod sin brune taske.

"Jeg troede, du ville nyde den scene. Heldigvis kom jeg forberedt. Og heldigvis er vi i et tomt klasseværelse med et stort skrivebord. Kunne du tænke dig at eksperimentere med noget nyt?"

"Det tror jeg ikke ..."

"Døren er lukket Cynthia. Ingen vil nogensinde vide det. Og jeg vil aldrig fortælle det. Jeg har for meget at tabe. Jeg går på pension ved udgangen af året, og du skal aldrig se mig igen. Jeg kan også hjælpe dig med legater og andre måder at gøre din uddannelse mere overkommelig på. Vi kan hjælpe hinanden."

Han kæmpede følelsesmæssigt et øjeblik.

"Jeg ved det ikke. Jeg er ikke sådan en person."

"Jeg vil gøre alt arbejdet. Du behøver ikke at gøre noget. Jeg har ikke tænkt mig at trænge ind i dig oralt eller vaginalt. Jeg vil bare udforske."

"Hvad hvis jeg vil stoppe?" hun spurgte.

"Så stopper vi."

"OKAY."

"Kom forrest i klassen. Læg dig med maven på personalebordet."

Cynthia rejste sig og gik hen mod hovedbordet.

Hun gjorde sit bedste for at tage et modigt ansigt på.

Det var en grænse, hun aldrig troede, hun ville krydse med en mand, men det var hun.

Hun var parat til at lade sin krop blive brugt af en meget ældre lærer, alt sammen for at videreuddanne sig.

Hun svor for sig selv, at ingen nogensinde ville vide dette.

Han hvilede maven og brystet på bordet, vendt mod det tomme klasseværelse.

Hun lukkede øjnene, næsten i en tilstand af skam.

Hun hørte professoren gå bag hende.

Så mærkede hun hans hænder forsigtigt glide op af hendes kontorblyantskørt og løftede det op.

"Slap af," sagde han. "Jeg vil være sød ved dig. Du er tryg ved mig."

Læreren trak forsigtigt hendes trusser ned, og hun løftede hver fod, så han kunne tage dem af.

Hun følte sig sårbar og udsat med sin kjole trukket op og ingen trusser.

Han hørte papirposen knirke op.

Hun fortsatte med at lukke øjnene.

Jeg var for bange for at se.

Så mærkede han, at hans ankler blev bundet med et blødt reb.

Hun gjorde ikke modstand og gjorde ikke indsigelse.

Det skete meget hurtigt.

Før hun tænkte sig om to gange, var hendes ankler bundet til enden af bordbenene.

Professoren bevægede sig rundt om bordet og gentog processen med sine håndled.

I en lige så hurtig proces blev Cynthias håndled bundet til enden af bordet.

Hun var fuldstændig behersket og bundet.

"Slap af," sagde han. "Tingene bliver nemmere på den måde."

Læreren slog forsigtigt Cynthias bare bund.

Det var et chok og en overraskelse for hende.

Det fik hans øjne til at udvide sig.

Selv da hun var lille, var hun aldrig blevet tæsk.

Det var en ny sensation.

Inden hun følelsesmæssigt kunne bearbejde situationen, kom endnu et smæk.

Så en anden.

De blide tæsk blev hårdere og hårdere.

Smiskerne begyndte at give genlyd i det store universitetsklasselokale.

"Hvordan har du det?" han spurgte ham på en faderlig måde. "Er du i stand til at klare det her?"

"Det svier lidt."

"Det er snart overstået. Jo før du kommer, jo hurtigere er vi færdige."

Hans øjne forblev vidt åbne.

Hvor lang tid før jeg cum?

Han havde til hensigt at give hende orgasme, og hun gjorde ikke modstand.

Hun kæmpede ikke tilbage.

Hun sagde ikke, at han skulle kneppe.

Hendes feministiske værdier eroderede, og inderst inde kunne hun lide det.

Han hørte lyden af professoren, der rakte tilbage i sin brune taske.

Jeg var nervøs og vidste ikke, hvad jeg skulle forvente.

Da han tabte posen, opdagede hun, hvad hun havde ledt efter.

Der var endnu et smæk mod hendes blottede bagdel.

Det var ikke med hans hånd.

Nu havde jeg en lille gummiskovl.

Skovlen gjorde mere ondt end hans bare hånd.

Jeg havde en stikkende følelse.

Han fortsatte med at banke hendes bare numse.

Det begyndte at gøre mere ondt.

Hans numse blev en lys rød nuance.

Hun bed sig i underlæben og forsøgte ikke at græde som en dum lille pige.

Hun ønskede ikke at fremstå svag over for sin dominerende og stærke lærer.

Smerten voksede.

Læreren fortsatte med at slå hårdere og hurtigere.

Hun ville græde.

Pludselig stoppede han.

Hun lyttede til ham placere pagajen på bordet, og så knælede han for blidt at kærtegne hendes brændende bund.

Han gned den på en blid måde.

Han gav hende bløde kys.

Så rakte han ned og legede med hendes hævede klit.

"Åh..." stønnede hun.

Hun var i stand til at undgå at lave lyde under tæsk, men ikke på grund af den direkte stimulering af hendes hævede klitoris.

Professoren gned hendes klit i en hurtig cirkulær bevægelse med to fingre.

Med sin anden hånd fortsatte han med at kærtegne hendes ømme bund.

Han fortsatte med at kysse hendes røv sagte, som om han tilbad den.

Han gav den endda et par slikker.

"Jeg tror, jeg kommer til at komme," indrømmede hun pinligt.

"Sperm for mig, skat. Vær min lille sexkilling og få en vidunderlig orgasme."

Han pressede sit ansigt mod hendes ømme bund og fortsatte rasende med at gnide hendes klit.

Cynthias øjne rullede tilbage.

Hans mund var vidt åben.

Hans krop spændte.

Musklerne i hans ryg og ben trak sig sammen, men der var ingen måde, han kunne bevæge sig, da hans lemmer var bundet til skrivebordet.

Bløde støn undslap hans mund.

Snart fossede en lille flod af klare væsker fra hendes varme fisse.

Professoren stoppede ikke sine bevægelser med fingrene, før alt var ude.

Så gav han hendes røv endnu et kys.

Professoren rejste sig og kyssede Cynthia på siden af hendes ansigt.

Han kyssede også hendes hår et par gange.

Da professoren løsnede Cynthia, sad hun på gulvet i fosterstilling.

Hans krop føltes som gelé.

Hans kræfter var væk.

Professoren sad på gulvet ved siden af hende.

"Du er vidunderlig," sagde han. "Virkelig vidunderligt."

"Er det det, du ville?" hun svarede med en dyb indånding.

"Det var mere, end jeg ønskede. Du er virkelig fantastisk."

"Betyder det, at vi er færdige?" spurgte hun, usikker på om han ville have det til at slutte eller ej.

"Nej. Vi er ikke engang tæt på at være færdige. Lige nu har du fået en A+ i min klasse. Men du har ikke fortjent mine forbindelser endnu. Hvis du fortsætter, vil jeg gøre mit bedste for at få dig ind på jurastudiet efter eget valg. Og jeg vil hjælpe dig med at få stipendier til at betale for alt."

"Det skal jeg gøre?"

"Nu vil jeg gerne have, at du fortsætter med at læse til dine andre eksamener. Du er en type A-studerende. Du burde opføre dig som det."

"Og så?" hun spurgte. "Hvad vil der ske efter han har taget eksamen?"

"Planlægger du at tage et sted hen? Bor du i nærheden af din families hus? Eller bor du i en fælles sovesal?"

"Jeg deler lejlighed med min værelseskammerat. Vi tager begge hjem efter finaleugen. Vi har planlagte fly. Hvorfor?"

Professoren førte hånden gennem hans hår.

"Annuller dit fly. Flyt det til et par dage senere."

"Men min familie? De venter mig snart hjem."

"Jeg skal kun bruge et par dage. Fortæl dem, at du er ved at afslutte et vigtigt skoleprojekt. De vil forstå."

"Hvad skal vi gøre?" hun spurgte.

"Når din værelseskammerat går, vil jeg besøge din lejlighed. Jeg vil se, hvordan du bor. Jeg vil gerne tage mig tid sammen med dig. Jeg vil have, at vi skal være alene sammen. Jeg er nysgerrig på dig på det personlige plan. Som Jeg har nævnt før, jeg er meget interesseret i dig." . Du fascinerer mig ".

"Hvad med... seksuelt... Hvad er dine planer for mig?"

Han smilede.

"Det finder vi ud af."

"Du skal ikke kneppe med mig. Jeg har en kæreste, og det er der, jeg trækker grænsen."

"Hvad kan du så gøre for mig?"

Hun tænkte sig om et øjeblik.

"Du kan slå mig igen."

"Vil du sutte min pik?"

Hun nikkede tøvende.

"Okay. Men det ville være det."

"Vi må hellere komme i gang. Glem ikke dine trusser. De er på bordet. Og glem ikke vores planer. Jeg lover, at det vil være det hele værd."

Med det rejste professoren sig og lagde rebene og padlen tilbage i den brune pose.

Så gik han og efterlod hende alene i stuen.

Cynthia fortsatte med at sidde i fosterstilling, mens hun samlede sine tanker.

Den orgasmiske følelse strømmede stadig gennem hendes krop.

Han kunne stadig ikke sige, om han elskede oplevelsen af slaveri, eller om han hadede det.

Men den lille pøl af væsker, han efterlod, gav ham svaret.

FJERDE DEL
UDOVER HVAD DER VAR AFTALT

En uge senere.

Cynthia kiggede ud af vinduet i sin lejlighed for at nyde udsigten, der udfoldede sig uden for hendes hus.

Jeg var alene.

Teresa var allerede gået efter at have afsluttet alle sine afsluttende eksamener.

Cynthia skulle også være gået.

Hun skulle have været hjemme med sin familie nu.

I stedet ventede hun på professoren.

Jeg havde allerede givet ham adressen.

Hun ventede i en meditativ tilstand på, at han skulle komme.

Hun havde en smuk blå kjole på.

Det var elegant og afslappet.

Hun var barfodet og havde intet på sig under sin kjole.

Alt, hvad han havde gjort med professoren, var imod hans natur.

Han var imod de stærke værdier, han var blevet opdraget med.

Og det var imod de værdier, jeg ville forsvare som fremtidig advokat.

Men læreren havde givet hende den bedste orgasme i hendes liv.

Jeg tænkte på den orgasme hver dag.

Han onanerede og tænkte på læreren hver aften.

Han spekulerede på, hvad han havde planlagt.

Klokken på gadedøren ringede, og hun lukkede professoren ind i bygningen.

Hun åbnede lejlighedsdøren og ventede på ham.

Da han trådte ud af elevatoren på gulvet i sin lejlighed, smilede hun til ham.

Han var klædt i et semi-afslappet tøj og bar en brun papirpose.

De hilste på hinanden, og han gik ind i sin lejlighed med tillid, som om han boede der.

Cynthia lukkede døren, og han så sig rundt i lokalet efter at have taget skoene af.

"Smukt sted," sagde han, mens han fortsatte med at undersøge rummet.

"Tak. Jeg har boet her i næsten fire år med min værelseskammerat. Vi gjorde det bedste, vi kunne."

"Har du fortalt din værelseskammerat om dette?"

"Nej. For guds skyld, nej. Jeg har ikke fortalt det til nogen. Og det vil jeg aldrig."

"Jeg burde blive ved med det," nikkede han. "Du ser smuk ud i den kjole. Du er som en gave, der venter på at blive åbnet."

"Tak," svarede han nervøst. "Må jeg skaffe dig noget at drikke?"

"Jeg har det godt. Har du noget imod, hvis vi sætter os ned og snakker?"

"Selvfølgelig."

De sad begge på sofaen i stuen.

"Jeg har en gave til dig," sagde han.

Han rakte ind i den brune pose og rakte Cynthia en konvolut.

Hun åbnede den og så et maskinskrevet brev på et stykke papir, der havde universitetets officielle mærker og titler.

Han bladrede hurtigt igennem siden.

Det var et lysende anbefalingsbrev fra professoren, som sagde, at Cynthia uden tvivl var den klogeste studerende, han nogensinde havde mødt.

Han roste også glødende hans moralske karakter og arbejdsmoral.

Der var endda en lang udtalelse om Cynthias passion for kvinders rettigheder.

"Jeg... jeg er målløs," nåede hun at sige. "Det her er vidunderligt. Det er bedre end noget, der kunne være skrevet til mig."

"Du får nok ikke brug for det brev. Jeg har allerede talt med en gammel ven, der arbejder på en juraskole i topklasse. Din ansøgning vil blive vurderet specielt."

"Hvilken skole?"

"Et højere niveau. Du vil blive meget glad der. Jeg har også talt med folk om mulige stipendier. Alt vil blive arrangeret i disse dage."

Hun lagde sine hænder på hans bryst.

"Du aner ikke, hvor glad det her gør mig. Jeg mener, WOW. Det er mere, end jeg nogensinde kunne have håbet på. Det her kommer virkelig til at ændre mit liv."

"Jeg har aldrig gjort så meget for en studerende. Jeg gør bare det her for dig."

"Jeg ved ikke, hvad jeg skal sige".

"Du behøver ikke sige noget," sagde han strengt. "Hvis du vil udtrykke din taknemmelighed, så tag din kjole af."

Det var et nøgternt øjeblik.

Hans ubekymrede øjeblik af spænding blev mødt med den virkelighed, at der var betingelser at opfylde.

Hun tog en dyb indånding og rejste sig.

Deres øjne var fokuseret på hinanden.

Hans fingre klemte bunden af hendes blå kjole.

Hun løftede derefter sin kjole over hovedet for at afsløre hendes slanke ben, barberede fisse og muntre små bryster med lyserøde brystvorter.

Hun stod nøgen foran ham og gjorde sit bedste for at holde et modigt ansigt.

Hun forsøgte ikke at vise nogen tegn på nervøsitet eller spænding.

Men hans let skælvende fingre forrådte hans nervøsitet.

Og hendes hærdede lyserøde brystvorter blev fuldstændig stive, hvilket viste hendes ophidselse.

"Perfekt," sagde han, og hans øjne strejfede over hendes top-til-tå nøgenhed. "Du er en vision om perfektion."

"Tak skal du have."

"Jeg er sikker på, at du undrer dig over, hvad der er i posen. Du ser nervøs ud. Bare rolig, jeg er ikke sadist. Jeg er bare en normal mand med en meget almindelig fantasi."

Hans øjne fortsatte med at strejfe over hver centimeter af hendes krop og indtog hendes skønhed.

"Hvilken fantasi er det?" spurgte hun med oprigtig nysgerrighed.

Han rejste sig og rakte ind i tasken.

Han overvejede et øjeblik at give et endeligt svar på Cynthias spørgsmål.

"Jeg elsker intelligente, uafhængige kvinder. En som dig. Jeg stødte på litteratur om seksuelt slaveri for mange år siden og følte mig underligt tiltrukket af det. Jeg følte mig meget skyldig over det, fordi jeg altid har været en stor tilhænger af kvinders rettigheder." ligesom dig. Men det er bare en seksuel fantasi, ikke? Ingen kommer til skade. Og alle nyder det. Er du ikke enig?"

"Ja".

"Det er en meget almindelig fantasi. Der er ingen skam i at nyde det. Det burde der ikke være."

Professoren tog en sort halskæde op af tasken.

Det virkede erotisk, men skræmmende.

Den blev lavet specielt til seksuelle formål.

"Hvad er det?" hun spurgte.

"Det er en halskæde til din hals. Jeg tror, den vil se godt ud på dig. Der står 'tøs' på den. Det er et sjovt navn for vores tid sammen."

"Har du gjort det her med andre kvinder?"

"Nej. Jeg har aldrig haft modet. Jeg har aldrig været særlig modig."

"Du har min nu."

Han smilede.

"Du har ret. Jeg har dig. Slap nu af, mens jeg sætter kraven på dig."

Læreren lagde posen på sofaen og børstede Cynthias hår.

Han viklede halskæden om halsen og begyndte at stramme den.

Han var omhyggelig med ikke at lade det være for stramt.

Jeg ville ikke have, at han skulle blive overvældet eller kvalt.

Han ville bare få hende til at føle sig lidt utilpas, og det gjorde han.

Da han trådte tilbage, var Cynthia nøgen bortset fra halskæden med ordet WHORE placeret foran på hendes hals.

"Se dig i spejlet," sagde han.

Cynthia gik hen til stuespejlet, som var lige ved siden af hoveddøren.

Hun så på hans nøgne krop.

Hun kiggede på kraven om halsen, der betegnede hende som en hore.

Det var imod alle de principper, hun havde forsvaret.

Hun skammede sig over sig selv.

Men samtidig følte hun sig meget begejstret.

Ingen kan vide noget om dette.

Aldrig.

"Hvad synes du?" spurgte han og stod bag hende med et reb i hænderne.

"Det er et provokerende syn."

"Det er det. Tag nu hænderne sammen. Jeg skal binde dig."

Cynthia lagde hænderne sammen, og professoren bandt hendes håndled med et blødt sort reb, mens han stadig stod bag hende.

Det tog ikke lang tid.

I løbet af få øjeblikke blev deres hænder slået sammen.

"Hvad nu?" Hun spurgte ham.

Han gik henkastet tilbage, mens han så på hende.

Han stod i midten af rummet og så hende direkte ind i øjnene.

"Nu vil jeg have dig til at sutte min pik. Jeg er sikker på, at du er meget god til det. Jeg vil have, at du skal være en lydig sexkilling og vise mig, hvor godt du kan sutte."

Cynthia gik hen mod ham med bundne hænder.

Han var meget højere end hende.

Efter kort øjenkontakt knælede hun ned og begyndte at knappe hans bukser op med hans bundne hænder.

Hun trak hans bukser ned til hans ankler for at afsløre en halvoprejst penis.

Hun så på ham et øjeblik.

Den var lidt større end hendes kærestes.

Han holdt den i hånden og strøg den kort, før han stoppede op for at tænke.

Hun tøvede.

"Jeg vil have dig til at vide, at jeg normalt ikke gør det her," sagde han efter betænkningstid. "Jeg har kun gjort den slags i forhold. Jeg har altid været imod, at kvinder bruger deres krop eller deres seksualitet til at få det, de vil have."

"Det er præcis derfor, jeg vil have min pik i din mund."

Kommentaren stødte hende lidt.

Men det fik stadig en snurren mellem hendes ben.

Hun lænede sig over for at sutte hans pik.

Hun havde altid elsket at sutte alle sine kæresters pik.

Det var noget, han havde nydt, siden første gang han havde gjort det.

Det var blevet en meget spændende seksuel oplevelse for hende.

Og der havde aldrig været nogen klager.

Hun havde altid modtaget strålende anmeldelser for sine evner til oralsex.

Med læberne viklet om pikken rystede hun på hovedet, mens hun suttede.

Hans bundne håndled begrænsede hans håndbevægelse.

Hendes tunge hvirvlede rundt om hovedet og pikken.

Hun så op på læreren over hende, mens hun fortsatte med at sutte.

De fik øjenkontakt, hvilket var noget spændende og delvist ydmygende.

Hun kiggede væk, da hun begyndte at tage hans pik dybere ind i hendes mund.

Så suttede hun hver af hans bolde.

"Du er god til det her," stønnede han. "Jeg vidste, du ville være det. Du har de perfekte læber til dette."

"Tak," hviskede han, efter kort at have fjernet sin pik fra hendes mund.

Hun gik tilbage på arbejde i håb om at få ham til at komme så hurtigt som muligt.

Jo større indsats hun gjorde for at sutte hans pik, jo mere tændt var hun blevet i processen.

Han behøvede ikke røre ved hendes fisse for at indse, at hun var våd mellem hendes ben.

"Det er nok for nu," sagde han. "Jeg vil have dig til at bøje dig ind over spisebordet. På maven. Vi skal have sex om et øjeblik."

Hun kiggede forbløffet på ham.

"Vores aftale var et blowjob. Det er alt."

"Tilbud kan altid forbedres."

"Vær venlig. Jeg har lige sagt ja til at give dig et blowjob."

"Rør dig selv mellem dine ben. Din krop ved, hvad den vil have. Hvis du er tør , så kommer jeg ud og giver dig alt, hvad du ønsker. Hvis du er våd, har vi stadig arbejde at gøre."

Læreren var vedholdende.

Cynthia vidste, at det gav mening.

Hans hjerte ønskede det.

Hendes fisse ville have det.

Der var ingen mening i at kæmpe.

Uanset hvad du gør med det, vil det føles godt.

Han vil få hende til at komme igen.

Så hvorfor nægte?

Han rejste sig og gik hen mod spisebordet, som kun var få meter væk.

Hun lænede sig frem og lagde hænder, ansigt, bryster og mave på bordet.

Bordet, hvor hun havde delt utallige måltider med sin bedste veninde, var pludselig blevet et sted for seksuel tilfredsstillelse.

Hun spekulerede på, hvad han ville gøre nu, men hun anede ikke.

Hun vidste ikke, hvad hun skulle forvente.

Han hørte lyden af posen, der blandede sig, mens professoren søgte.

Professoren bandt sine bundne hænder til bordets ben ved hjælp af mere sort reb.

Cynthias håndled var fuldstændig fastholdt, og der var ingen måde, hun kunne bevæge sine arme.

Professoren bandt også hver deres ankler til bunden af bordet.

Cynthias ben var spredt, og hendes fisse og anus var spredt vidt åbne.

"Ved du, hvad en plage er?" spurgt.

"Ja," svarede han nervøst.

"Jeg vil bruge det på dig. Bare rolig. Jeg vil ikke såre dig. Det kan gøre lidt ondt. Sig til, hvis det er for meget."

Cynthia klemte rebet stramt, da pisken ramte hendes balder.

Det andet slag var mere kraftigt.

Han huskede alt for godt følelsen af den sidste tæsk.

Det var en følelse, han aldrig ville glemme.

Men pryglen var meget kraftigere end skovlen.

Hver ende af pryglen sendte en prikkende fornemmelse gennem hendes fisse og rygsøjle.

Hver ende af flagellen stimulerede hende seksuelt.

Piskning flyttede til hans øvre ryg.

Klikket var højt ved siden af hans øre.

Det sved.

Hun begyndte at stønne hver gang hun blev ramt.

Smerterne blev mere og mere akutte.

Men det gjorde fornøjelsen også.

Det blev en kraftfuld og perfekt kombination.

Han slog hende hårdt på ryggen, og hendes fisse blev våd.

Hun stønnede højlydt for hvert slag.

Da hendes ryg blev rød, rettede han sin pisks opmærksomhed nedad og ramte bagsiden af hendes lår.

Området var så følsomt, at det næsten fik hende til at skrige.

Cynthia greb mere om rebet i håb om at lindre smerten.

Pislingen flyttede til hver af Cynthias balder.

Det var det sted, der gav ham mest glæde.

Hver ende af pisken ramte hende hårdt og gjorde hende liderligere.

Pisken stoppede et barmhjertig øjeblik, og professoren stak to af sine fingre ind i hendes fisse.

"Min Gud," sagde han. "Du er som en vandhane. Stakkels."

"Jeg... har brug for at komme."

Han smilede.

"Om et par øjeblikke, skat. Vi skal først afslutte vores forspil."

Professoren vendte tilbage til sin piskestilling og slog forsigtigt Cynthia lige mellem balderne.

Hun stønnede , da enderne af spanken ramte direkte den ultra-følsomme hud på hendes fisse og anus.

Han lod hende tilpasse sig smerten et øjeblik, før han sendte endnu et slag i hendes retning.

Han fortsatte med at smække hendes fisse og anus.

Han sænkede spanken og brugte sin åbne hånd til at slå hendes følsomme seksuelle område.

Smæk var blidt i starten.

Men så øgede han kraften for hvert smæk.

Han sørgede endda for at slå hendes hævede klit, hvilket fik hende til at stønne som en hore.

Hans hånd blev fugtig af Cynthias fissevæsker efter hvert smæk.

"Jeg tror, du er klar. Vil du sperme nu?"

"Ja," stønnede hun.

"Du har været en god pige. Så det er kun rimeligt, at jeg får dig til at gøre det."

Han rakte ind i posen igen.

Cynthia kunne ikke se, hvad professoren ledte efter.

Alt, hvad jeg hørte, var støjen fra aktiemarkedet.

Hun mærkede derefter hans fingre spredte hendes læber, da han indsatte en genstand.

Det var et sexlegetøj.

Glat og perfekt formet.

Den gled let ind i hendes fisse på grund af dens lille størrelse, hvilket skuffede hende lidt.

Hun havde brug for noget større.

Sexobjektet trak sig tilbage fra hendes fisse, hvilket skuffede hende igen.

Da genstanden pressede mod den ydre ring af hendes anus, indså hun, hvad der skete.

Læreren førte kun genstanden ind i hendes fisse for at smøre den.

Sexobjektet var beregnet til hendes numse.

Hun styrkede sig, da det lille sexlegetøj langsomt blev skubbet ind i hendes anus.

Den trængte ind i den stramme ring og ind i hendes endetarm.

Professoren tog sig god tid og gjorde tingene langsomt, uden at ville såre hende.

Og hun nød fornemmelserne af at føle sig strakt.

Snart glemte han smerten, han følte fra pryglen.

Den lille smerte fra sexlegetøjet i hendes røv var meget mere kraftfuld og spændende.

Da det lille sexlegetøj var inde i hendes numse, efterlod læreren det der som stimulation.

Så lød lyden af en pakke, der blev åbnet, i det stille rum.

"Hvad laver du?" spurgte Cynthia med ansigtet stadig nedad.

"Jeg tager et kondom på. Jeg vil kneppe din fisse, fordi du er en tøs."

Disse ord fik en snurren ned ad hendes rygsøjle, og en spænding til hendes fisse.

Selvom hans ankler var bundet, gjorde han sit bedste for at sprede sine ben yderligere.

Hun ønskede at blive kneppet.

Hun ville gerne bruges som et stykke kød.

Hun vidste, at læreren ikke ville svigte hende.

Han tog hårdt fat i hendes hofter og pressede sin hårde pik mod hendes læber.

Han skubbede blidt og gik ind.

Det var en let adgang, da hun var spredt ud og dybt ophidset.

Cynthias fisse var en masse hed begær.

Professoren nød følelsen af sin universitetsstuderendes fisse.

Så skubbede han helt ind og fik Cynthia til at presse sit ansigt ind i bordet og gispe.

Professoren lagde begge hænder på Cynthias skuldre og trak hende op.

Han bevægede langsomt sine hofter og kneppede hende.

Cynthia stønnede hver gang han skubbede sin pik ind i hendes krop.

Med hænderne bundet klemte han hårdt, mens han trak i rebet.

Hendes sarte fisse fik et hårdt kneppe, og hendes støn blev højere.

Han strøg hendes hår med den ene hånd og sikrede sig, at det var bag hendes ryg.

Så rakte han ned med den samme hånd for at kærtegne en af hendes små bryster og klemte den hævede lyserøde brystvorte.

"Er du min hore?" spurgte han med en fordærvet stemme.

"Ja."

"Sig det."

"Jeg er din hore," stønnede han. "Din beskidte luder."

Han fortsatte med at kneppe hende endnu hårdere.

Han fortsatte med at klemme hendes skulder med den ene hånd og bøje hendes bryst med den anden hånd.

"Du er ikke feminist hos mig, vel?"

"Ingen."

"Hvad er du?" spurgt.

"Jeg er din hore," stønnede han. "Jeg har brug for at blive behandlet sådan."

Han kneppede hende endnu hårdere.

Hendes varme sex lavede høje smæklyde fra hans skridt, der ramte hendes bløde røv, hver gang han gav et stød.

Hans støn blev til uberegnelige vejrtrækningslyde, da han begyndte at miste kontrollen over sin krops sanser.

Hun slap.

Hun gav sin krop fuldstændig til professoren.

Hele hende var hans.

Han brugte begge hænder til at kæle for hendes bryster og knibe hendes brystvorter hårdt, hvilket fik hende til at gispe af smerte.

Han knibede dem hårdere og fik hende til at gispe lidt mere.

"Jeg... har brug for at komme..." sagde hun svagt.

"Sig det højere!"

"Jeg har brug for at komme! Please!"

Han vidste præcis, hvad han skulle gøre.

Læreren sænkede hænderne.

En til at støtte din hofte.

Den anden rakte ned for at kærtegne hendes klitoris.

Cynthia stønnede i det øjeblik, han gned hendes klit i en cirkulær bevægelse.

I det øjeblik blev Cynthia stimuleret af hendes fisse, der blev kneppet, sexlegetøjet i hendes røv og fingeren, der legede med hendes klit.

Hun skreg højt og var ligeglad med, om naboerne kunne høre hende.

Det gjorde de nok.

Den, der lyttede, ville sandsynligvis være begejstret.

Hun var ligeglad.

Cynthia skreg og hendes fingre krøllede.

Hans arme og ben trak i rebet af alle kræfter, men til ingen nytte.

Hans lænd forsøgte at bue, men grebet var for stærkt.

Hans ansigt vred sig af glæde.

Hans øjne blev store.

Hun kom.

Kraftfuldt.

Væsker var overalt.

Hendes lille fisse var blevet en sexpik.

Professoren nærmede sig sin orgasme.

Selv da Cynthias krop var blevet slap og drænet for energi, fortsatte han med at kneppe hendes gennemblødte fisse, indtil han var tilfreds.

Han skød store mængder sæd ind i det kondom, han havde på.

Han gryntede, og så stoppede hans stød, før han lagde sig på Cynthias ryg for at hvile sig.

De var begge helt svedige, da sexen var forbi.

Han blev ved med at kysse håret på bagsiden af hendes hoved.

"Du er en gudinde," knurrede han forpustet. "En sand gudinde. Du har gjort en mand fuldstændig glad."

Cynthia var stadig udmattet og trak vejret hårdt.

"Og din kone gør det ikke?" sagde hun i et suk.

"Og din kæreste?" sagde han ligeså i et suk.

De lo begge to.

"Løs mig," nåede hun at tale sagte igen med et let åndedrag.

Læreren trak sin slappe, kondomdækkede pik ud af hendes fisse og begyndte at løsne hende.

Da hun var fri, lå Cynthia på gulvet i sine egne skedevæsker.

Professoren sad ved siden af hende og strøg hendes bløde hår.

"Jeg vil give dig, hvad du vil have. Jeg vil gøre mit bedste. Du er storslået."

Hun så på ham.

"Også dig. Jeg er aldrig ... aldrig kommet sådan før."

"Vi har et par dage mere til at være sammen. Jeg har tænkt mig at få mest muligt ud af dem. De næste par dage vil du være min beskidte lille sexkilling. Så kan du tage hjem til din familie og din kæreste og nyde din hvile ."

Hun smilede.

" Jeg nyder allerede min pause."

Med det hvilede Cynthia hovedet på professorens skød.

Hun fjernede det våde kondom.

Hun tog den slappe penis ind i munden og sugede resten af spermen ud.

Professoren stønnede.

MEGET FORSTÅENDE LÆGEN

"Lægen vil se dig med det samme, sir; bare sidde der, tak."

Andrew nikkede, da han gik hen til undersøgelsesbordet og satte sig.

En fold silkepapir fyldte bårebordet.

Hun rullede ærmet ned af sin skjorte, da sygeplejersken lukkede døren bag sig og sukkede.

Det havde taget ham meget at overbevise sig selv om at gå til lægen om dette, men han havde endelig fået nok og blev mæt.

For ikke at nævne, at han var frustreret over sin egen krop.

Det virkede som en evighed, før døren åbnede igen, men da den unge kvinde endelig trådte ind og brød Andrews vandrende tanker, besluttede han, at det var ventetiden værd.

"Hej, hr. Harrison, jeg er ked af ventetiden. Jeg har haft mange patienter, jeg har været nødt til at se i dag."

Lægen gik hen til hendes skrivebord og tog en mappe, som sygeplejersken havde efterladt i den, med de notater, hun havde taget efter de spørgsmål, hun havde stillet mig om formålet med mit besøg.

"Uden tvivl om, at de alle har fundet en eller anden grund til at komme til dig, læge, det ved jeg bestemt, at jeg ville!"

Hans øjne, en smuk blå nuance, som du følte, at du kunne svømme i, rejste sig fra hans udklipsholder for at møde din.

Et smil dukkede op i kanten af hans læber.

Meget, meget velformede læber.

"Forsøger du at fortælle mig, at du kom her i dag for at spilde min tid, hr. Harrison?"

Han grinede.

"Langt fra, desværre, Dr. Martínez. Jeg er bange for, at jeg har et meget reelt problem, selvom du er den første person, jeg er kommet for at se om det."

Han kiggede ned på sin udklipsholder.

Mens hun sad ved det lille skrivebord og læste, så jeg, hvordan hun krydsede benene.

Hun var en ret lav Latina-kvinde, men hendes bare ben, under nederdelen af hendes lægekjole, så ud til at holde i kilometervis.

Andrew kunne ønske sig, at blyantskørtet ikke sluttede lige over hans knæ.

"Der står her, at du nægtede at tale med sygeplejersken om den nøjagtige karakter af dit besøg, hr. Harrison, så... tal hurtigt med mig, før du kan fortsætte."

Andrews skuldre sank lidt, da de håbede at engagere denne kvinde i en lidt mere privat samtale, før hun afbrød hans tanker med formålet med hendes besøg.

Men ... hun formoder, at hun skulle sørge for, at han ikke bare var en hypokonder, der havde læst for meget om et eller andet emne på internettet.

"Jeg øh...ja, det ser ud til, at jeg har nogle...igangværende og vedvarende problemer i soveværelset."

Hun buede et af sine perfekte mørke øjenbryn, og han kunne ikke afvise, at dette gav ham en smule spænding, da hendes øjne fejede ind over ham med intriger.

"Du ser ud til at være en relativt ung mand i... ja, fremragende fysisk tilstand, hr. Harrison. Inden jeg går mere i detaljer om dine problemer, så fortæl mig. Hvorfor valgte du at komme her? Det virker som et nyt symptom Jeg ved, at jeg aldrig har haft et "Ingen er kommet her før med det problem, så hvem anbefalede dig til mig?"

"Nå, for at være ærlig, læge, så går jeg normalt ikke til læger. Jeg har ikke rigtig brug for det, og faktisk på grund af dette særlige problem, så føler jeg mig virkelig ikke særlig tryg ved at gå til læge at tale om den slags ting."

Hun smilede fuldt ud, denne gang.

Hun placerede udklipsholderen på bordet, mens hun vendte sig mod ham direkte, og knugede sine hænder om hans knæ.

"To ting, hr. Harrison. For det første, kald mig Miss Martinez eller Rosa. For det andet tror jeg, at vi hellere må etablere en præmis nu:

Du skal være helt ærlig og direkte, okay? Det ser ud til, at dette er en delikat situation for dig. , "Så jeg synes, det er vigtigt, at vi behandler dette seriøst og uden fordomme, da vi kommer til at dykke ned i nogle ret personlige årsager. Er det ikke rigtigt?"

"Absolut, Rosa. Og kald mig Andrew, tak."

Hun nikkede.

"Okay, Andrew. Fortæl mig, præcis hvilken slags problemer taler du om ? For tidlig sædafgang? Vanskeligheder med at udvikle en erektion?"

Andrew mærkede hans kinder fyldes med varme, han kravlede lidt på bårebordet og efterlod lyden af raslende papir og svarede:

"Nå, jeg har aldrig haft nogen problemer før, ikke engang min første gang. Men... jeg tror, jeg har svært ved at få og forblive hård. Det vigtige er, at jeg ikke har været i stand til at få orgasme i over et år. " "

"Gud, et helt år; jeg tror, jeg ville dø, hvis det skete for mig. Har du nogen idé om, hvorfor dette kan være begyndt at ske? Er der sket ændringer eller dårlige ting i dit liv, nogen dårlig oplevelse med en elsker "Tab af interesse for din kone?"

"Åh, jeg har ikke haft problemer med min kone eller nogen elskerinder."

Rosa smilede, men gjorde opmuntrende tegn til, at han skulle fortsætte, da han stoppede op for at tænke.

"Jeg kan virkelig ikke komme i tanke om noget. Jeg har levet i samme situation i flere år. Jeg blev gift for et stykke tid siden, og jeg har ikke fået nogen nye kærester i et par år."

"Vil du sige, at du normalt har et aktivt sexliv? Eller har noget ændret sig, siden det begyndte at ske?"

Andrew trak på skuldrene.

"Situationen har helt sikkert ændret sig, siden det begyndte at ske. Jeg mener, jeg har nogle venner, som jeg godt kan lide at have sex med, da vi har en gensidig forståelse. Min kone har ikke rørt mig i et stykke tid, så der har ikke været meget. en gang imellem møder jeg en kvinde i en bar, hvilket kunne virke som om, der var mere end et venskab, men i sidste ende er der ingen, der bare... får problemet med ikke at blive hård til at forsvinde, tror jeg."

"Og disse venner af dig, ved de piger, du kommer i forhold til, at du har andre venner? At du har en kone? Er de okay med det? Eller holder du det hemmeligt?"

Andrew rystede på hovedet.

Rosa lænede sig frem, mens hun talte, og han bemærkede, at hendes top, selvom den ikke var kort, så ud til at have store mellemrum mellem knapperne.

Stetoskopet, han havde placeret rundt om halsen, blev fanget i en af dem og så ud til at give et lille billede af noget lilla nedenunder, mens han skiftede stilling og trak i stoffet.

"Hvis jeg er i et konsensusforhold, skal jeg ikke lyve for dem. Jeg skjuler ingenting, hvis de spørger mig. Jeg sørger for, at det er tydeligt, at de andre piger også er mine venner, og at jeg er gift, hvis de er interesserede. Og det viser sig også, at der er venner, som jeg må sige, at hun holder meget af sex. Men hvis nogen ville bevæge sig mod eksklusivitet, ville jeg selvfølgelig tale med hende, så hun ikke ville fortsæt med at gøre det. Ellers ville forholdet blive afbrudt. Reaktionerne er... blandede, men ofte at "Det fortæller mig meget mere om den pige, end noget andet kunne fortælle mig."

"Hmm. Og vil du sige, at du aldrig kunne stoppe med at have sex med de venner?"

"De er mine venner. Jeg datede en pige engang, hvor vi udviklede os til det punkt, men jeg holdt op med at se hende, fordi hun tænkte på, at jeg var eksklusiv for sig selv."

"Hvordan skete det?"

"Hun glemte åbenbart den lille detalje, vi var blevet enige om."

"Jeg forstår det. Sig mig; vil du sige, at du er polyamorøs eller har du polyamorøse tendenser?"

Andrew rynkede lidt på panden, lidt forvirret over, hvordan dette forholdt sig til hans problem, men villig til at håndtere det.

"Jeg vil sige, at jeg er åben over for det, uden at jeg nødvendigvis har brug for det. Jeg føler, at så længe et par er åbne og ærlige med, hvad de vil og forventer af hinandens adfærd, så skal sex være, hvad de vil have det til mellem dem."

"Og eksklusivt?"

"Selvfølgelig kunne det være. Mellem dem, men åben for oplevelser med andre, både sammen eller hver for sig, så længe begge er ærlige og enige. Jeg har bestemt været i forhold, hvor vi hver især deler hans eller hendes venner, og så videre. Som jeg nævnte, også det modsatte, eksklusivitet."

"Men kun én?"

"Andre ville også gå til eksklusivitet med det samme, men... det virker fjollet for mig."

Andrew trak på skuldrene, men Rosa rynkede panden.

"Hvorfor det?"

"Nå, for eksempel med dig. Hvis vi begyndte at se hinanden. Jeg kender dig ikke, men jeg finder dig bestemt attraktiv. Hvis vi begynder at date, antager jeg, at du også ville finde mig attraktiv; så hvad er der galt med at nyde hver andet seksuelt uden eksklusivitet, hvis vi er ansvarlige?

"Så hvad er forskellen mellem dating og venner med fordele?"

"Hele formålet med dating er at finde nogen, du gerne vil dele dit liv med, ikke? Ideelt for en lang periode, hvis ikke for evigt, når det kommer til ægteskab. Venner... du kan lide dem, eller nyde sexen med hinanden, men de er kommet til at opdage, sammen eller hver for sig, at de ikke fungerer godt som par. På længere sigt eller i den daglige forening. Men det betyder ikke, at de ikke kan have god sex og få hinanden til at føle sig godt tilpas. andre ".

Rosa grinede.

"Helt ærligt, det er et ret sundt perspektiv. Jeg ville ønske, jeg havde nogle venner med fordele i mit liv, som du har, da jeg har brug for at stresse meget af på det seneste."

Rosa satte sig op, næsten som om hun genoptog en professionel opførsel.

"Ahem. Anyway, okay; så... der har ikke været nogen begivenheder, seksuelle, professionelle eller personlige, der kunne have... afskrækket eller tilføjet en masse stress eller noget?"

"Ikke hvad jeg kan komme i tanke om."

"Og du kan slet ikke slippe af med at onanere? Eller fra at have sex med nogle af dine venner, som du aldrig har haft problemer med før?"

"Nej, slet ikke. Og jeg har heller aldrig haft problemer med at komme afsted før. Det er virkelig frustrerende."

"Og du siger, at du har problemer med at få og holde en erektion."

"Ja, jeg mener, jeg bliver spændt, jeg bliver stiv, men alligevel lidt øhmm... løs, hvis man vil sige det sådan. Det gør det svært at trænge igennem, ved du? Og for at være ærlig , siden vi har sagt, at vi bliver det, elsker et par af mine venner VIRKELIG, at jeg bare kommer i hovedet, en del af grunden til, at vi blev så gode venner, og vi er RIGTIG gode til det. Men alligevel Jeg kan komme tæt på dem, nok tættere på end med noget andet, end selv med mine egne hænder, men jeg kan ikke klimaks."

"Kan de heller ikke få dig helt hård?"

Andrew rystede på hovedet.

Rosa rynkede panden, hendes læber sammenknust i tanker.

Hun trommede med fingrene mod hans knæ, og Andrew havde svært ved ikke at fantasere om, hvordan det ville føles at have de læber omkring hans pik.

Han var blevet tændt, så snart hun var kommet ind, men han kunne faktisk mærke, at hans pik blev lidt stiv, hver gang han så tilbage på den praktiske lille åbning i hendes skjorte.

Pludselig rejste hun sig.

"Nå, Andrew, jeg tror, vi bliver nødt til at lave en fysisk undersøgelse for at sikre, at vi udelukker visse ting. Vil du have noget imod at blive nøgne?"

Andrew rakte straks ud for at begynde at knappe sin skjorte op.

"Nå, normalt, Rosa, ville jeg i det mindste insistere på en god middag først, men for dig..."

Rosa rødmede lidt og bed sig i underlæben og knugede hænderne foran sig.

"Øh...normalt venter patienten, mens lægen går ud, så han kan tage sit tøj af og tage en lægekjole på. Så banker lægen på døren og vender tilbage efter patientens anmodning."

Andrew trak på skuldrene og fortsatte med at knappe sin skjorte op for at blotte hans behårede bryst.

"Hvad er meningen? Du skal undersøge mine kønsorganer, og du kunne sagtens se mig skjorteløs udenfor på en varm sommerdag. Desuden har du travlt, og jeg er ligeglad. Jeg er ikke genert. Absolut intet, du ikke har set før."

Rosa klukkede, hendes øjne faldt hen over Andrews torso, da han tog sin skjorte af.

"Nå, bestemt ikke noget, jeg ikke har set før, men... hvis du er okay med det, så er det vel ikke noget problem. Og du ved, du vil åbenbart ikke stoppe alligevel."

Andrew lo, rejste sig og bøjede sig ned for at begynde at knappe sine bukser op.

"Hey, det ser bestemt heller ikke ud til, at du tager af sted."

Hun smilede til ham, mens hun rystede på hovedet og strakte sig let tilbage, da han trådte ned fra eksamensbordets trin for at stå på gulvet.

Andrews bukser ramte gulvet, og han tog dem af og kiggede på hende med et legende smil, mens han hægtede tommelfingrene i linningen på sine boxershorts.

"Skal du stå over for den store afsløring, eller vil du hellere vende om og se senere?"

Hun lo og gav hans legende udtryk tilbage, hendes hænder greb om hendes stetoskop.

"Bare se mig i øjnene; jeg er ikke sikker på, at jeg kan modstå at slå din røv, hvis du vender dig om."

"Nå, i så fald..."

Andrew vendte sig hurtigt om og bøjede sig, mens han trak sine boxershorts ned, vrikkede sin nu bare numse i Rosas retning og drejede hovedet for at se på hende over sin skulder.

Han havde en hånd, der dækkede sin mund og lo sagte.

"Du er DÅRLIG, Andrew Harrison. Det er meget upassende adfærd i et læge/patient forhold!"

"Jeg vil heller ikke sige noget, hvis du ikke gør det, Rosa Martínez."

Hun rullede med øjnene, da hun tabte hånden, men Andrew lagde mærke til, at hendes øjne bevægede sig over hele hans krop, mens han vendte sig mod hende og hvilede sine hænder på hans hofter.

"Så hvad nu?"

Rosa kiggede spidst ned og løftede et øjenbryn med et smil.

"Nå, det ser bestemt ud til, at du ikke har det store svært nu...!"

Andrew fulgte hendes blik; Hanen var stiv, det var tydeligt.

Rosa var en meget attraktiv kvinde, og han hyggede sig med at flirte med hende.

"Nå, et lig ville blive stift af at være nøgen i samme rum som dig, Rosa; selvom det ikke er det samme som en fuld erektion!"

Hun himlede med øjnene og smilede lidt, men hun så virkelig ud til at prøve på en smule fortsat professionalisme.

Hun rakte op for at tage sit stetoskop af, men da hun gjorde det, faldt et par knapper på hendes bluse op.

Andrews øjne blev store, da han vendte sig om for at åbne en skuffe.

"Du går tilbage på bordet, og jeg får nogle handsker..."

Andrew gjorde, som han blev bedt om, og spekulerede på, om de udfoldede knapper ville føre til et bedre udsyn.

Da han beundrede Rosas bagside, da hendes ryg var vendt mod ham, drev hans tanker hen til flere besværlige scenarier.

"Nå, det er ubelejligt."

Han vendte sig om for at holde en enkelt blå lægehandske i den ene hånd og en tom æske i den anden.

"Jeg bliver nødt til at hente en ny æske. Måske skulle du tage en..."

"Pshh, tak! Du har en. Du efterforsker ikke åbne sår eller noget invasivt. Jeg siver ikke noget nogen steder. Jeg har det fint, hvis du er okay med det."

Rosa rystede på hovedet.

"Absolut ikke, det overtræder jeg ved ikke engang hvor mange regler, og den største er at bryde steriliseringen, og..."

"Dr. Rosa. Du skal lave en fysisk undersøgelse af området for at sikre dig, at der ikke er nogen abnormiteter, vel? Det er ikke sådan, at du indtager noget eller har åbne sår på hånden, vel? Du skal heller ikke sæt dine fingre hvor som helst på din hånd. min".

Hun så ham i øjnene.

"Du kan meget vel have brug for at undersøge din prostata, ærligt talt."

"Nå, du har en handske."

"Jeg kunne bare have gået ned ad gangen for at få fat i en ny kasse og komme tilbage."

Andrew smilede, løftede hænderne, trak på skuldrene og vippede hovedet til siden.

"Og alligevel gjorde du ikke..."

Dr. Rosa rullede irriteret med øjnene og tog hurtigt handsken på sin venstre hånd og rystede på hovedet af ham.

Han kunne dog se det lille træk af et smil på hans læber og krympe øjnene.

"Du er umulig! Åbn dine ben, sir!"

I et forsøg på ikke at vise sin egen forventning spredte Andrew straks sine ben for at give Rosa så meget adgang som muligt.

Han kæmpede for ikke at sukke af fornøjelse, da han mærkede det varme, bløde, bare kød fra Rosas højre hånd krølle sig rundt om hans lem, efterfulgt af den kolde, tørre handske fra hendes venstre hånd, der kuppede over hans baller.

Hendes fingre begyndte forsigtigt at undersøge hans længde, mens hun manipulerede hans boldsæk, rynkede panden i koncentration og så utrolig sexet ud, mens hun lænede sig lidt ind.

Hans øjne blev store, da hendes skjorte faldt lidt for at afsløre en lækker, cremet flade af bløde bryster, kuperet og understøttet af en lilla flæsede bh.

Han mærkede sin puls blive hurtigere, mærkede sin pik rejse sig af spænding og spænding fra både kontakten og synet.

"Jeg mærker ikke nogen unormale buler eller brud, så det er godt. Faktisk kan jeg faktisk... åh! Nå, så... nogen reagerer helt sikkert frygteligt lige pludselig..."

Hun løftede ansigtet for at se på ham, og Andrew mærkede endnu en stigende bølge af seksuel lyst og spænding opbygge.

Hvordan ville det føles at synke din pik ind i den delvist åbne mund og mærke din tunges talent på din ivrige pik?

Han rev nervøst øjnene væk, bange for at hun skulle se den nøgne, rå lyst i dem.

"Jeg øh... ja, Rosa, øhmm... for at være ærlig..."

Var det et...hjerneproblem, ikke kun på grund af den rent kliniske undersøgelsesteknik, der begyndte at give dig denne følelse?

Andrew kunne ikke være sikker.

Hun følte dog den næsten overvældende trang til at begynde at skubbe mod hans hold.

"Andrew, husk, vi sagde, at vi ville være oprigtige og ærlige over for hinanden. Ingen bias."

Andrew vendte sig modvilligt for at se på hende.

Hans ansigt var roligt, men... der så ud til at være noget glimt i hans øjne.

På en... specifik måde kneb hun læberne sammen.

Forventning?

Synet af hendes hænder på ham, hendes ansigts nærhed til hans skridt.

Hvis hun drejede hovedet, kunne han sikkert mærke berøringen af hendes ånde mod hans hud.

Udsigten over hendes ret fantastisk udseende bryster var også noget spektakulært.

Den måde, han ubevidst så hende på på den måde - ufrivillig, uskyldig, men tydeligt intim og privat - var berusende.

Han mærkede hans pik rykke i hans hænder, hans ophidselse syntes at være ude af kontrol.

"Så ærligt, Rosa, det er længe, længe siden, jeg har haft en tydeligt intelligent, sjov, charmerende og simpelthen fantastisk kvinde, der nemt fangede og ophidsede mig. Du har din hånd på min pik, og jeg har en en utrolig udsigt over din skjorte, der får mig til at indse, hvor længe det er siden, jeg har set så store et par smukke bryster, og ærligt talt kan jeg ikke huske, hvornår jeg sidst var så liderlig eller døende efter at have vild sex.

Rosas øjne blev store, og hendes behandskede hånd faldt mod hende for at røre ved skævheden af hans skjorte, mens hun kiggede ned.

Hans kinder rødmede straks en dyb, lys skarlagenrød.

Hun kiggede på ham og bed sig i underlæben, men han lagde mærke til, at hun ikke fjernede sin bare hånd fra hans lem, da hun sænkede sin behandskede hånd, blot rettede hendes øjne mod hans hårde pik og derefter tilbage til hendes ansigt.

Deres øjne mødtes.

Andrew gispede.

"Jeg...jeg kan ikke engang...jeg har...du er hård som en sten. Du har overhovedet ingen problemer!"

"For første gang i over et år. Takket være dig. Jeg lover, jeg finder ikke på det her."

Den pludselige varme fra Rosas læber, da de ivrigt viklede sig om det hævede hoved på Andrews pik, fik dem begge til at stønne.

Andrews hænder greb om kanterne af eksamensbordet, mens han så Rosas mund falde ned på hans pik.

Han mærkede hendes bløde tunge slikke, gnide og drille undersiden af hans erektion, mens hun inhalerede ham i munden.

Hun spindede rundt om hans dunkende pik og suttede ham, mens hendes fingre tog en helt anden form for berøring og kærtegn på hans baller.

Hendes øjne brændte af et intenst behov, der syntes at afspejle hendes eget, og så hans reaktion, da hun begyndte at glæde ham.

Da hendes hoved begyndte at glide op og ned på ham.

Han var fascineret af hendes handlinger, de rytmiske bevægelser på hans ømme pik og den rå seksualitet, han følte i hendes blik, da hun vidnede om den glæde, han gav hende.

Den glæde, han tydeligvis følte ved at være kilden til det, var ubeskrivelig.

Hans øjne drev hen til de korte, rystende glimt af hendes bh-klædte kløft.

Hun rykkede væk fra ham, pustede blidt og kiggede på de uløste knapper, før hun smilede.

"Vil du se mere...?"

Han nikkede og prøvede ikke at bemærke spytstrengen, der langsomt spredte sig fra hendes våde læber til hans piks glitrende hoved.

Hun var ved at knappe sin bluse op for ham, lod den falde ned på gulvet bag sig og rakte straks op for at løsne låsene på sin bh.

Hun så hans reaktion, mens hun langsomt fjernede den fra sin krop og smilede legende til ham, mens hendes smukke, blege bryster blev befriet fra deres indespærring.

Andrew stønnede stille ved synet.

Uden at tøve rakte han en hånd ud for at tage fat om hendes bare venstre bryst.

Han kærtegnede Dr. Rosa Martínez' varme og lækkert bløde anatomi.

"Åh Gud... Rosa...!"

Hendes øjne kneb sammen, et gys, der tydeligt fik hende til at ryste mod ham.

Hun løftede sin hånd og lagde en finger på hans læber.

"Det er længe siden, en mand rørte mig sådan her... Jeg har haft så travlt, at jeg aldrig går meget ud...! Vi... kan ikke larme for meget..."

Han kyssede hendes finger, lod sin tunge glide hen over spidsen af den og suttede den legende, langsomt, mens han så på hende.

Han klemte hendes bryst i hånden og fik hende til at stønne stille, mens han mumlede:

"Det her burde ikke handle om mig. Jeg vil have dig, Rosa. Alle sammen. Ikke kun din mund, ikke engang dit fantastiske bryst. Vi kan begge nyde hinanden, få hinanden til at føle sig godt."

Hendes ansigt var blussende af ophidselse (hendes bryst havde endda en lyserød nuance), og han kunne mærke hendes brystvorte hårdt og stak ud mod hans håndflade.

Han mærkede hendes hånd glide op ad hans bryst og ned igen for at få fat i hans pik.

Giver det et klem, et meget bevidst smæk denne gang.

"Er du ren...? Er du ikke...?"

"Hvis du?"

Hun svarede ved at tage et skridt tilbage og række ud for at få fat i lynlåsen på hendes nederdel .

Hun slikkede sig om læberne, mens hun så hans erektion svinge i luften.

Hendes nederdel gled ubesværet ned af benene, tæt fulgt af et par silkebløde lilla trusser, klippet flatterende.

Duften af hendes begejstring var stærk, og Andrew kunne se den glitrende vådhed, der glimtede på Rosas inderlår, bogstaveligt talt prydede sig langs hendes bløde læber.

"Jeg er ikke sikker på, at vi kan holde længe..."

Han lo stille og slikkede sig om læberne, mens han satte sig tilbage på undersøgelsesbordet med en fold silkepapir.

Rosa klatrede op på trappetrinet og gled det ene ben over hans krop, mens hun satte sig oven på ham og trak vejret ivrigt.

Hun tog fat i hans pik (rystede hendes hånd?) og så på ham.

Han gled ærbødigt sine hænder langs blødheden af hendes nøgne krop, indtil de satte sig på hendes hofter.

Han trak hende tæt på, hvilede sin dunkende spids mod hendes våde indgang, men gik ikke længere.

"Du vil ikke være den eneste, Rosa. Jeg håber bestemt, du er okay med det. Ingen bias, husker du?"

De kæmpede for at stønne lydløst, da hun gled ind på ham.

Den våde varme fra hendes krop viklede sig behageligt omkring ham og omfavnede hans smertende erektion dybt i hans dybder.

Hun kastede hovedet tilbage med åben mund lydløst, mens hun tog ham helt.

Hun begyndte at slibe sine hofter mod hans krop.

Hendes bryst strakte sig og opfordrede hendes hænder til at række ud og tage fat i dem begge, mens han klemte blidt, mens han rystede under hende.

Hans rystende stemme formåede at holde sig for det meste lav, da han reagerede.

"Åhhhhh! Godsss...!"

Hun plantede sine hænder mod hans bryst, mens hun sænkede hovedet for at se sultent på ham.

Hendes hofter begyndte at gynge, da hun begyndte at ride ham.

Andrews hænder gled langs hendes hud, kærtegnede siderne af hendes krop, klemte hendes hofter, før hun rakte ud for at tage fat i hendes faste, tonede røv.

Hans fingre krøllede mod hende og gravede sig ind i hendes kød, mens han trak hende hårdere mod sig, alt imens han brugte hendes ben til at møde hans bevægelser med sine egne stød.

Han pustede under hende.

"Føl dig...så...god, Rosa...forbandet...god!"

Hun smilede fåragtigt, men øgede kun sit tempo, kneppede ham desperat med halvt låg i øjnene, mens hun gryntede dybt tilfreds.

Papiret krøllede sammen under Andrew, som allerede var ude af kontrol som reaktion på hendes bevægelser.

Han forsøgte ikke at bevæge sin overkrop så meget, men til en vis grad var han ligeglad.

Hans pik bankede ivrigt inden for Rosas stramme rammer, en fuldstændig hårdhed han ikke havde kunnet nyde i alt for længe.

Han kunne mærke hver krusning af hendes glatte fisse, mens hun red ham .

Hvert klem og gys i deres indre muskler, mens de brød ud som to dyr.

Hendes fisse trak sig oftere og oftere.

Rosas energiske tempo blev mere og mere hektisk, indtil hun hørte hendes ånde falde.

Han så hendes rygsøjle spændt, da hun buede sig tilbage og mærkede hendes klimaks på hans pik.

Hun stoppede dog slet ikke.

Rosa fortsatte fremad og bed sig i underlæben, mens hun stønnede sin glæde med lukket mund.

Andrew kunne mærke hans baller strammes, han vidste, at han ikke ville holde meget længere.

Tanken om, at han ville blive blød igen og miste evnen til at fortsætte med at kneppe denne smukke, sexede gudinde, var forfærdelig, men han kunne ikke lade være.

Det føltes for godt.

DET føltes for godt.

Pustende bevægede han en af sine hænder, søgte mellem deres svedige, kolliderende kroppe og fandt hendes klit til at gnide, mens han kneppede den.

Rosas øjne blev store, hendes blik mødte hans igen, da hendes mund åbnede sig i et stille skrig.

Hendes fisse knugede sig om ham, endnu strammere end før .

Fuldstændig ude af stand til at hjælpe sig selv, følte Andrew sin orgasme, hans første i over et år, komme helt til ham.

Hårde, tykke stråler af sperm eksploderede inde i Rosas fisse, hvilket fik Andrew til at stønne ukontrolleret.

Indtil Rosa, midt på sit eget næb, slog en af hendes hænder over hans mund for at forsøge at få ham til at tie.

Hans mund griner vildt, mens de rystede mod hinanden, forenet i deres ekstase.

Med fuldstændig nydelse til glæde for hinandens kroppe.

Hans krop vred sig under hende, og hun gjorde sit bedste for at kværne mod ham .

Mens han fortsatte med at pumpe mere og mere sperm ind i hendes fisse, hvilket hun ivrigt tog imod.

Et års indestængt seksuel frustration eksploderede endelig i Rosas krop.

Hvert udbrud syntes at slappe af al spændingen i Andrews muskler på et helt nyt niveau, der efterlod ham svævende i et hav af lyksalighed, som om han var blevet bedøvet.

Hun kvælede et grin, da hun faldt sammen oven på ham, mens hans hænder grådigt kærtegnede hendes krop, og Rosa flyttede sit hoved over hans behårede bryst, mens hun så op på ham.

"Jeg kan ikke tro, at vi lige gjorde det...! Gud, det var meget sperm..."

Andrews arme viklede sig instinktivt om Rosas krop og holdt hende tæt, mens hans hænder kærtegnede hendes huds blødhed ærbødigt.

Hans bryst rejste sig og faldt hurtigt, da han forsøgte at komme sig.

Et smil brød hans ansigt, da han så på hende.

"Et år, eller i hvert fald næsten. Og jeg føler, at jeg stadig har flere."

Hun spindede af glæde og fik hans bryst til at vibrere.

Andrew svor, at han kunne mærke hendes krampe omkring hans bløde, forbavsende stive pik, stadig fast i hende.

"Jeg vil ikke have noget bedre end at malke dig hver sidste dråbe, med min krop eller min mund, men jo længere jeg er her, jo mere sandsynligt er det, at en af sygeplejerskerne kommer ind... og jeg KAN IKKE have en retssag indgivet for uagtsomhed eller chikane mod mig!"

Andrew løftede en hånd mod Rosas kind, hans læber fandt hendes, og de kyssede hende langsomt og sensuelt.

Han lukkede øjnene og nød følelsen af hendes læber, af hendes krop.

Hvordan man svælgede i sin post-orgsmiske stupor med sådan en utrolig kvinde!

"Tak, Rosa. Det var... fantastisk. Jeg kan ikke beskrive, hvor godt det føltes at kunne have det sådan igen."

Rosas kinder blev røde, da hun bed sig i underlæben.

"Mener du virkelig det...?

"Du er ikke rigtig blevet hård eller nået klimaks i det sidste år?"

Andrew lo lidt og gned stadig sin tommelfinger mod hendes kind.

Hans anden hånd bevægede sig for at tage fat om hendes bare bund.

Det føltes godt at være sådan igen med en kvinde.

"Hvad, troede du, jeg løj om alt det?

"Bare for at komme i bukserne?"

Hun trak på skuldrene og smilede lidt fåragtigt.

"Det ville ikke være første gang noget lignende er sket for mig. Det sker for de fleste piger."

"Jeg sværger, jeg har ikke fået orgasme i mere end et år indtil nu, og jeg har i hvert fald ikke fået det så hårdt indtil nu. Det var første gang, jeg var i stand til at trænge ind i en kvinde, endsige komme i hende eller få hende til at komme på min pik i over et år. Jeg føler mig euforisk og lækker generøs lige nu."

Rosa lo og lænede sig ind for at stjæle et hurtigt kys fra hans læber, men satte sig også op.

Hun bevægede hofterne mod ham et øjeblik og smilede bredt, mens hun gjorde det med sammenknebne øjne .

Men hun slap langsomt ud af hans pik.

En syndflod af sæd undslap hendes fisse og gled ned ad hendes krop og samlede sig langs hendes bækken.

"Nå, så føler jeg mig utrolig smigret, såvel som enormt lettet. For at være ærlig, er det længe siden, du har været i seng med mig, selvom min vibrator og jeg er hyppige venner. Og jeg... det har jeg aldrig gjort noget lignende før." .. "

Hun så nervøs ud, men Andrew kunne ikke lade være med at smile.

Selvom han helt sikkert havde haft sin rimelige andel af hookups og afslappet sex, var dette... noget helt andet, og han var ikke rigtig sikker på, hvad han skulle sige selv.

Hun så vandpytten af sperm, da hun sænkede sig ned på gulvet, og vendte sig næsten om for at tage noget for at rense det, men han så hende stoppe og kigge på ham.

Så skal du blot læne dig over og tage den tilbage til din mund.

Hendes tunge slyngede op af hans spildte frø, mens hun suttede let på ham.

Andrew gispede, hænderne knyttede sig om bordets kanter, mens hans ryg stivnede, men han kunne ikke se væk fra det, han lavede.

Hans pik bankede af fornøjelse, selv efter at hun langsomt trak sig tilbage fra ham.

Hun kyssede først spidsen af hans lem og slikkede derefter et par vildfarne sædstrenge fra hans kød.

Hun smilede genert til ham, da hun rejste sig op igen og kiggede på hans pik.

Han var tydeligvis helt hård igen.

"Det ser ud til, at du ikke har noget problem med at blive hård nu, hr. Harrison."

Andrew rystede lykkeligt og forsøgte at sidde frem for at hente sit tøj, mens han så Rosa bøje sig for at tage sit op.

"Jeg tror, du helbredte mig, Miss Martinez."

Hun smilede, men da hun rakte ham noget af sit tøj, rakte hun ned for at røre ved hans pik legende.

"Jeg er uenig, sir; jeg tror, du bliver nødt til at planlægge en opfølgende aftale senere på ugen. Vi skal nøje overvåge din tilstand og sikre, at der ikke er nogen tilbagefald."

Hans legende smil vaklede lidt.

"Det er alvorligt, men ikke desto mindre... Jeg tror nok, vi kan udelukke fysiske lidelser, men... men vi vil gerne være sikre på det. Ikke, ikke?..."

Andrew løftede en hånd og smilede blidt.

"Jeg forstår det, Dr. Rosa. Og jeg ville elske at vende tilbage til konsultationen. Officielt, og... endda uofficielt, hvis du er okay med det. Jeg... jeg forventede ærligt talt, at du ville lave en hurtig eksamen og henvise mig til en psykolog Jeg regnede med, at "det var et mentalt eller følelsesmæssigt problem."

Hun rødmede, men nikkede, da hun tog sine trusser på.

En mørk cirkel sivede langsomt ind i stoffet, og synet af det gjorde Andrew endnu mere ophidset.

Hun gik hen for at tage sin bh på igen, men Andrew gjorde tegn til hende, at hun skulle komme tættere på og kiggede nysgerrigt på hende.

Hun gav efter og nærmede sig ham igen.

Han løftede straks sin hånd for at kærtegne hendes bare bryster med et blødt suk.

"Tak. Undskyld, du er bare... Jeg synes, du er utrolig sexet, og tingene var så forhastede, at jeg... Jeg ville ikke gå glip af chancen for at røre ved dem, mens jeg havde den."

Hun smilede blidt og lænede sig ned for at kysse hans kind, før hun trådte tilbage for at tage sit tøj på igen og prøve at genoptage deres officielle diskussion højt.

"Det er nok det, men da du ikke har fortalt sygeplejerskerne præcist, hvad det er for papirarbejdet, så skulle jeg nok... arrangere, at du får besøg her igen, så vi kan være sikre på symptomerne."

Han nikkede, rejste sig og begyndte at tage sit eget tøj på.

Rosa kiggede kort på ham, mens hun var færdig med at omarrangere sit tøj.

Hun glattede sit blyantskørt, fortabt i tanker.

Til sidst brød han stilheden.

"Hvis du vil, vil jeg... med glæde tage imod dit telefonnummer. For at være ærlig, jeg er ikke sikker på, hvordan jeg har det med det, uden for øjeblikkets... hede, men..."

"Jeg forstår det helt, Rosa. Jeg ved det... vi kender ikke rigtigt hinanden så godt, men... jeg håber du ved, at jeg ikke tager let på det her, jeg kan stole på, og jeg... sætter stor pris på det... alt, hvad der skete. Jeg ville aldrig bruge noget af dette til at såre dig, eller med vilje såre dig på nogen måde. Hvis du aldrig ønsker, at dette skal ske igen, ville jeg acceptere, respektere og forstå det valg, men jeg håber inderligt, at du ikke fortryder det, og jeg håber, at jeg kan blive ved med at være "Din patient, i hvert fald. Jeg kom her af en grund, din historie og feedback på dine evner som læge. Jeg kan ikke fortælle dig hvor glad det har gjort mig, eller... hvor har det fået mig til at føle mig som en mand igen." .

Rosas skuldre så ud til at falde lidt sammen.

En spænding, der forlod hans holdning, mens han smilede varmt.

"Tak, Andrew; det sætter jeg virkelig pris på. Jeg... nød også virkelig, hvad der skete."

"Må jeg så give dig mit nummer?"

Hun nikkede og vendte sig for at få fat i et papirblok og en kuglepen.

Så tilbød han hende det.

Han tog det og skrev hurtigt hendes nummer ned, og gav det så tilbage til hende.

Hun rev det øverste lag af og stoppede det i en lille lomme i sin bluse.

Deres øjne mødtes, de dvælede et øjeblik, så smilede Andrew og åbnede sine arme.

"Vil du have noget imod et kram...?"

Hun lo og rystede på hovedet, mens de krammede.

Da de trådte tilbage, og Rosa vendte sig om for at samle sine ting, så hendes øjne kontoret.

Udover at silkepapiret på undersøgelsesbordet var grueligt krøllet, var der ingen, der kunne fortælle, hvad der lige var sket her.

Andrew, der forstod, hvad han lavede, snusede lidt til luften og gik så hen til et af vinduerne for at åbne det.

Rosa smilede genert og nikkede.

"I så fald, Andrew... øh, hr. Harrison, vi kommer til bunds i dette problem, du ser ud til at have, men vi skal have dig til at lave en anden aftale for en opfølgning senere på ugen, og jo før jo bedre."

Han bed sig i læben, blinkede til hende og sagde og sænkede stemmen:

"Få mig ikke til at vente".

PÅ KONTORET

"Har du brug for andet, frøken Sanders?"

Jeg kiggede op fra de slørede rækker og kolonner i det udskrevne regneark og blinkede til Vicky, min sekretær, der stod i døren til mit kontor, med hendes taske slynget over hendes højre skulder.

Et sted bag hende kunne hun høre de andre piger på kontoret snakke, mens de lukkede deres job i weekenden.

Da hans ord endelig blev registreret i mit sind, gav jeg ham et hurtigt nik og vrikkede med fingrene.

"Forsæt . Jeg burde være færdig her om cirka fem minutter. Hav en god weekend."

Hun kneb øjnene sammen til mig et øjeblik, men gentog kun mine sidste ord med et smil, før hun vendte sig om og sluttede sig til sine kolleger.

Ja, hun kendte mig meget godt.

Fem minutter var normalt femten til tyve på en normal dag. Men det var fredagen før en tre-dages lang weekend, og med færdiggørelsen af et resumé af den kvartalsrapport, der skulle afleveres tirsdag morgen.

Hvem lavede jeg sjov?

Jeg ville være her i mindst et par timer.

Og det var kun, hvis jeg kunne fokusere på at få de rigtige tal.

Efter den første time med bare lidt fremskridt tog jeg en hurtig tur til automaten i pauserummet efter en koffeinpakket sodavand.

Tilbage ved mit skrivebord med kulsyren kildede bag i halsen fra en dyb drink, stod jeg lænet over mit skrivebord.

Måske ville et andet perspektiv hjælpe.

Lige da hørte jeg en lav knurren.

Langt fra at blive forskrækket, da jeg kendte ejeren af den lyd, så jeg knap nok op for at se hr. Robert González læne sig op ad dørkarmen med hænderne i lommerne på sine stramme bukser.

Han var indbegrebet af høj og smuk, selvom han ikke var helt sort...i hvert fald ikke den del, man kunne se.

Hans sølvhår var trimmet kortere på siderne og bagsiden, hvilket fik ham til at se ældre ud end de 40 år, han burde have været.

Og hendes let solbrændte hud tydede på, at hun ikke havde noget imod at være udendørs, selvom hun vidste, at hun endnu ikke var kommet i gang med at bygge bånd til resten af de mandlige ledere.

"Slæber du de sidste dråber energi ved midnat, Erika?"

Jeg buede et velplejet øjenbryn og svarede til sidst:

"Klokken er seks. Det er først midt på eftermiddagen."

Han trak let på skuldrene.

"Det er midnat et sted."

"I London."

"Hmm?"

"Hvis klokken er seks her, er det midnat i London."

Robert grinede.

"Dig og dine numre."

Jeg rullede med øjnene og lænede mig frem for at finde toppen af en regnearkskolonne og gled min finger ned.

En dybere knurren nåede mine ører.

Jeg kiggede op i tide til at se ham justere knuden på sit slips i halsen.

Et sekund senere indså jeg, at han kunne se toppen af min skjorte.

Jeg rejste mig brat, satte mig i min stol og gik hen til skrivebordet og mærkede, at mine kinder blussede.

Jeg nåede næsten ikke at holde mig fra at smile, da han sukkede.

"Hvad kan jeg gøre for dig, Robert?"

I det øjeblik ordene forlod min mund, lukkede jeg øjnene og spændte læberne sammen.

Forbandet freudiansk slip.

"Jeg opkræver ikke noget gebyr, Erika, men hvis du er villig til at betale..."

"Det var en fejl," mumlede jeg og lod som om jeg atter fokuserede på de trykte sider, der var spredt ud foran mig igen.

I mit hoved bad jeg ham halvhjertet om at gå.

Selskabet var ikke helt ubehageligt.

Men jeg ville lave denne rapport, så jeg kunne gå hjem og suge i mit spabad med et glas vin og ikke tænke på noget, før min alarm gik tirsdag morgen.

"Tall modstår, ikke sandt?" sagde han med et sagte grin.

Der var en lille lyd af sko, der flagrede på gulvtæppet.

Et øjeblik efter stod han foran mit skrivebord.

Da jeg så op igen, fik han et løftet øjenbryn, og hans smil blev bredere, da han tog sin jakkesæt af og placerede den på ryggen af en af besøgsstolene.

Jeg slugte, mens han gled sin store hånd ned foran på sin grå knappede vest og rykkede i manchetterne på sin hvide skjorte, før han satte sig i den modsatte stol.

Han krydsede sit højre knæ over sit venstre og lagde hænderne i skødet.

Jeg forsøgte at ignorere ham, mens jeg arbejdede, og drak fra tid til anden af min sodavandsdåse.

Og ære at sige, tallene begyndte at give mening.

Der gik ikke længe, før jeg endelig kunne begynde at skrive min rapport.

Han talte ikke, men jeg kunne høre hans jævne vejrtrækning.

Jeg mærker hans øjne på mig.

Jeg var dog vant til det fra kunder, så Roberts opmærksomhed forstyrrede mig ikke.

Ikke engang da jeg kunne se i mit perifere syn, at han langsomt knappede sin vest op og løsnede knuden på sit slips.

Jeg bed indersiden af min læbe, mens han justerede sin stilling og slappede af i sædet, og prøvede ikke at tænke på, at han forsøgte at skjule sin ophidselse.

Med mine øjne rettet mod computerskærmen påpegede jeg i min rapport, hvor vores tab kom fra, og skitserede derefter et forslag om at inddrive disse midler i de næste to kvartaler.

Et par minutter senere overraskede hans stemme mig og mindede mig om hans tilstedeværelse.

"Det ser ud til, at du arbejder rigtig hårdt der, Erika. Selv når du ser på mig fra øjenkrogen. Tror du, jeg ikke lægger mærke til de ting?"

Klumpen i min hals syntes at dukke op ud af ingenting.

Faktisk gjorde det ondt at sluge, og denne gang hjalp sodavanden ikke.

Et hurtigt blik på ham havde været en dårlig idé.

Jeg lukkede øjnene et øjeblik og blinkede derefter hurtigt for at fokusere igen.

Roberts hoved var bøjet, mundvigen rykkede.

"Hvad er der galt? Katten fik din tunge?"

Da jeg fortsatte med at ignorere ham, lavede han en "tsi, tsi, tsi" lyd.

Jeg kunne ikke lade være med at bande blidt, da han rejste sig og gik rundt om mit skrivebord og stoppede lige bag mig.

"Du arbejder for meget. Det er weekend. Du skal være hjemme eller ude at hygge dig, ikke bruge tid på kontoret."

Da jeg mærkede det røre ved bunden af mit hår, rystede jeg.

Mine fingre rystede på tastaturet et øjeblik.

Selv min vejrtrækning var ustabil, da jeg åndede ud.

For helvede denne mand.

Det havde været i mine tanker i to måneder... lige siden cheferne præsenterede os på et firmamøde.

Vi var på samme myndighedsniveau, men fra forskellige afdelinger.

Ins og outs af vores områder krydsede ikke engang.

Han havde dog fundet en grund til at kigge forbi mit kontor mindst en eller to gange om ugen.

Men aldrig efter timer.

Og det havde aldrig været dette... lanceret.

altid været professionel, men han havde danset på kanten af rebet.

I hemmelighed ønskede jeg, at han ville starte lidt.

Ikke for at give mig grunde til at anmelde ham, men for at vide med sikkerhed, om han virkelig var interesseret i mig...eller om han bare kunne lide at prale med sin manddom.

Hun var den eneste direktør i virksomheden.

De fleste mænd syntes at være enige i den status.

Et par af dem havde omkring vandkøleren fortalt mig, at de troede, at kvinder hørte til på den anden side af skrivebordet, men ingen havde haft mod til at sige det til mit ansigt.

Jeg bad til, at det øjeblik aldrig ville komme fra Robert.

Og nu?

Jeg havde på fornemmelsen, at jeg endelig skulle se den sande side af manden, der havde hjemsøgt mine drømme ved mere end én lejlighed.

Men ville jeg fortryde det?

vi var alene

Resten af gulvet var mørkt ud over mine kontorvinduer.

Og der var ingen grund til at andre skulle være i bygningen på dette tidspunkt.

Pedelerne ankom først lørdag morgen.

Hvad hvis Roberts hensigter ikke var hæderlige?

Og hvis...

"Det ser ud til, at du måske har brug for at lindre noget stress, tror du ikke?"

Hans stemme var lige ved siden af mit øre, hans læber strøg let imod den, hvilket fik mig til at gispe.

Han børstede mit hår væk, mens han talte.

Og så bed han min øreflip.

"Svar mig, Erika."

Ild og is.

Det er den eneste måde, jeg kunne beskrive, hvad der bevægede sig gennem min krop ved hans ord...hans handlinger.

Jeg kunne ikke bevæge mig.

Han trækker knap vejret .

Og jeg havde bestemt ikke en ordentlig stemme at svare på.

Robert placerede pludselig sine hænder på hver side af mig på skrivebordet og invaderede mit rum yderligere.

Jeg havde i hvert fald den tynde stoleryg mellem os.

For nu.

Mine ben rystede.

Gudskelov sad jeg allerede.

Dette er hvad du ventede på, ikke?

Jeg kæmpede for ikke at se på ham af frygt for at miste den sidste smule kontrol over mine følelser, jeg havde, hvis jeg gjorde det.

Men jeg kunne ikke lade være med det lille støn, der undslap mine læber, da han lænede sig ind i siden af mit ansigt.

Hans læber rørte mit øre igen.

"Jeg ved, hvad du vil..." hviskede han og slikkede min lap. "Hvad har du brug for."

Uden varsel rakte han ud og tog fat i mit venstre håndled, forsigtigt, men bestemt, fjernede det fra skrivebordet og bragte det bag min stol.

Han lagde bagsiden af min hånd i sin håndflade og lagde den fast på bulen af hans skridt.

Jeg klynkede højere og lukkede øjnene.

Begge mine hænder lukkede også instinktivt, min venstre viklede sig endnu mere rundt om hans tildækkede erektion.

Min fisse knugede sig sammen ved fornemmelsen.

Han udstødte et sagte støn og lagde min hånd tilbage på skrivebordet.

Varmen fra hans tilstedeværelse syntes at aftage, men det stoppede ikke rysten, der var steget til mine skuldre.

Hans varme ånde kærtegnede stadig min nakke, mens han pustede tungt ud.

Et øjeblik senere vender jeg mig langsomt i stolen for at se ham i øjnene... lader mine øjne være direkte på linje med hans skridt.

Med et gisp lænede jeg mig tilbage i stolen og kastede mit blik op lige længe nok til at se ham slikke sig om læberne.

Jeg fulgte derefter hans hænder, da de satte sig på hans talje, og løsnede hans læderbælte.

Han løsnede knappen så langsomt, at hun ikke var sikker på, om han virkelig havde gjort det, før han sænkede lynlåsen.

Jeg hørte et støn fra ham, da jeg begyndte at trække vejret mere ujævn og slikkede mine læber.

"Og den våde lille tunge? Gud, du er så fucking sexet, Erika," knurrede han og rakte ind i sine boksere.

Men han stoppede og fjernede hånden et sekund senere.

Med sine bukser forførende hængende fra hofterne tog han fat i mine biceps og trak mig nemt op.

Der var ikke tid til at tænke.

For at udtrykke min uenighed.

Det ene sekund holdt jeg vejret, det næste pressede hans varme læber sig mod mine med en inderlighed, jeg aldrig havde oplevet før.

Varme.

Lidenskab.

Fortvivlelse.

Sult.

Alt det svirrede i mit hoved.

Følte jeg også alt det?

Hans tunge kom ind i min mund og hævdede det.

Hans fingre strammede sig om mine arme og trak mig tættere på ham.

Mit hoved blev kastet tilbage, da han pressede mig frem, mens resten af min krop lænede sig mod ham.

Føler den klump andre steder nu.

Presser mig.

Gnir mig.

Tænder mig.

Jeg var ved at smelte ind i hans kys, da jeg i mit støn kom til at sidde op igen.

Pustende.

Gad vide, hvad fanden der lige skete.

Roberts vejrtrækning var uberegnelig.

Og han lænede sig op ad skrivebordet og greb om kanten med begge hænder.

Kigger på mig med store øjne.

Da jeg kiggede ned på hans let hævede bryst, løftede han min hage.

Han holdt den for mig.

Så kørte han sin tommelfinger over min underlæbe, før han trykkede ind i min mund et sekund.

Jeg benyttede lejligheden og slikkede hans finger, hvilket fik ham til at grynte.

Han pressede dybere.

Snart suttede jeg spidsen af hans tommelfinger op til den første kno, da han langsomt bevægede den ind og ud af min mund.

Min hage var stadig kuperet i hans fingre.

Mine øjne var fokuseret på hans.

Vi lavede begge bløde lyde af nydelse.

Og min fisse stoppede ikke med at stramme.

På et tidspunkt gled hans hånd.

Han trak i min hage for at justere mig, og jeg faldt fremad.

Jeg genvandt balancen ved at placere mine håndflader på hendes lår.

Lige ved siden af hans lyske.

Som et resultat stønnede jeg og suttede hans finger hårdere.

Hans sus af overraskelse var hans eneste reaktion, da han fortsatte med at skubbe sin tommelfinger ind og ud af min mund.

Så stønnede han, mens mine hænder klemte de faste muskler under hans tøj.

Et øjeblik efter havde han frigjort sig og rejste sig.

Robert rakte ind i sine boksere igen og slap derefter hurtigt sin pik med en skarp udånding.

Kronen, der så rød og ophidset ud, hvilede kun få centimeter fra mine læber.

Spidsen funklede med en enkelt perlefarvet dråbe i midten.

Min tunge faldt ud af min mund i forventning.

"Kom nu."

Hans grove godkendelse fik mig til at stønne og slikke mine læber igen.

"Kom så kælling."

Hans krop svajede lidt, da mine fingre erstattede hans og viklede sig om den fløjlsbløde tekstur af hans hårde lem og holdt det stabilt.

Han stønnede højlydt i det øjeblik, jeg førte min tungespids til øjet på hans pik.

Mod den perle.

Slikker den og tager den tilbage til min mund.

Nyder saltheden af hans præcum.

Det var ham, der rystede nu og lænede sig op ad kanten af mit skrivebord igen for at få støtte.

Vrede steg i mine årer, jeg slap endnu et slik.

Det flade af min tunge, denne gang, på det flade af hans fleksible hoved.

Endnu en forbandelse fra ham opmuntrede mig mere.

Mit tredje slik var dristigere og hvirvlede rundt om kronen.

Et hurtigt blik op på hans udstrakte nakke og lukkede øjne viste, at jeg havde ham, hvor jeg ville have ham ... på min nåde, om ikke andet for et par minutter.

Jeg forseglede mine læber omkring hans krone på det næste slik, jeg suttede, mens jeg forsigtigt klemte min hånd om hans store pik.

"Fuck, tøs, hvordan ved du, hvordan man sutter!"

Jeg havde forudset hans stød og trådte tilbage, hans pik slap med et blødt knald.

Efter at have taget en dyb indånding havde jeg den tilbage i munden.

Dybere nu.

Sutte mens du stryger.

Stønnede, mens han lagde en hånd på mit hoved og forsigtigt kørte sine fingre gennem mit hår.

Jeg bevægede stolen fremad og svælgede over den kontrasterende, hårde og bløde fornemmelse af, at han gled over min tunge.

Den bløde tekstur af hendes tøj, da jeg førte min frie hånd op og ned af hendes ben... rundt for at kærtegne hendes numse.

Duften af maskulin moskus på hans hud, hver gang min næse nærmede sig hans base.

Men ligesom med sit kys trak han sig væk, før jeg var klar til at stoppe.

Efterlader mig at stønne.

Så satte han mig på benene igen, hvor jeg slingrede på hælene.

"Erika," smælde han og slikkede sig om læberne.

Søger mine øjne.

Holdt mig mod ham ved min højre arm, flyttede hans frie hånd sig til min ryg og gled ned og kærtegnede min numse.

Ved mit støn fangede han min underlæbe mellem tænderne.

Og så suttede han blidt, mens jeg pressede min krop mod hans, mens jeg klamrede mig til hans arme.

"Robert!" Jeg gispede, da han pludselig løftede mig i hofterne og satte mig på mit skrivebord.

Han skubbede mit blyantskørt op og spredte mine ben og kom mellem dem.

Hans pik hvilede mellem os, og jeg mærkede fugtigheden af hans præcum, der gennemblødte min skjorte.

Med den ene hånd, der kærtegnede mit højre ben gennem mine lårhøje strømper, lagde han sig på bagsiden af mit hoved og kyssede mig.

Meget hård.

Lukkede øjne, jeg sank endelig ind i hans omfavnelse, mine hænder vandrede hen over ham.

Rør ved hans skuldre.

Føler hans muskler bøjes og slapper af.

Varmen stråler gennem hans skjorte.

Så lå det i nakken på ham.

Hans hår kildede mine fingerspidser, mens hans tunge plyndrede min mund.

En af mine sko faldt af med et snuptag, da jeg forsøgte at vikle mit ben om hans.

Han var også på farten.

Tager fat i mit andet knæ, som gned mod hans hofte.

Klemmer forsigtigt bag på min nakke, hvilket får mig til at bue og stønne.

Så kærtegnede han siden af mit bryst, før han tog det i sin håndflade og klemte det hårdere.

Hans tommelfinger kærtegnede min brystvorte gennem min bluse og bh.

I min mave kunne jeg mærke hans pik dunke.

Hårdt og varmt.

Jeg tog stadig fat om hans nakke med min venstre hånd, og gled min højre mellem os og viklede mine kløende fingre om hans pik lige under kronen.

Så kørte jeg puden med tommelfingeren frem og tilbage over spidsen og spredte den tynde væske der.

At gøre mere grin med slidsen.

Robert bed min underlæbe igen og trak den ind i munden, hvor han suttede på den.

Han vred den med tungen.

Så dækkede han mine læber med sine igen.

Inviterer min tunge til at danse.

Jo mere han kyssede mig, jo mere knurrede han.

Jo mere han kyssede mig, jo mere bølgede jeg mod ham.

Sveden dannede sig på bagsiden af min nakke under mine fingre.

Jeg kunne også mærke det mellem mine skulderblade.

Endnu en gang trak han sig tilbage, men kun ind i vores mund.

Han hvilede sin pande mod min, hans ånde var varmt i mit ansigt.

Jeg fortsatte med at lege med hans pik, min venstre hånd hvilede bag mig nu.

"Du...er...en...legende...tøs," gispede han, trak sig tilbage og kyssede mig blidt.

Da han gled sin hånd ind under min nederdel på mit lår, gav jeg slip og måtte også lægge min anden hånd bag mig for at få støtte.

Så var det mig, der bed hendes underlæbe, fordi hendes fingre strøg længere indad.

"Shit!" Hele min krop rystede, da hans kno strøg mod min trussebeklædte fisse.

" Du er følsom," grinede han.

Han børstede sine læber mod min mundvig og slog mig med sine knoer tre gange mere.

For hvert slag pressede han hårdere.

"Mmm. Erika?"

"Eh hvad?" Jeg blinkede og forsøgte at sluge.

"Du er så våd, kære tøs."

Mine arme gav ud, og jeg faldt tilbage på skrivebordet med et grynt.

Jeg mærkede en finger kærtegne ydersiden af min fisse under mine trusser, og mine øjne rullede tilbage.

Min kæbe faldt, og min stemme fangede bagerst i halsen.

"Du er så rig," mumlede han.

I mit perifere syn så jeg Robert forsvinde.

Et sekund senere løb noget vådt ned over min fisse.

Til sidst skreg jeg, da jeg indså, at det var hans tunge.

Så kurrede han.

Bukker min ryg.

Vrider mine hofter.

Slår mine håndflader mod papirerne spredt under mig.

Nedenunder havde han fjernet mine trusser og angreb mig med et arsenal af læber, tænder og tunge.

Men aldrig noget gennemtrængende.

Og alligevel var det det, min krop stille tiggede om.

Noget... hvad som helst...

Nå, ikke bare hvad som helst.

Jeg ville have hans pik, men jeg ville nøjes med en finger eller to for nu.

Han kunne dog ikke læse mine tanker.

Og desværre kunne jeg ikke finde ordene til at fortælle ham direkte.

Min anden sko faldt til gulvet, da han tog fat i min ankel og holdt mit ben op og ud.

Jeg vred mig mere ved fornemmelsen af, at han slog og kredsede om min klit med det, der sandsynligvis var hans tommelfinger.

Og jeg hvinede faktisk, da han langsomt slikkede min fisse op og ned.

Driller min stramme, følsomme bagdel et øjeblik, før jeg starter igen.

Jeg mumlede en perlerække af udråb blandet med gisp.

Han stønnede og slap mit ben efter at have lagt det over hans skulder.

Et sekund senere mærkede jeg et par af hans fingre glide ad den samme vej, som hans tunge havde lavet, før de pressede sig ind i mig.

"Robert!"

Mine hænder knugede sig i siderne, hele min krop vred sig på skrivebordet.

Fanget mellem at prøve at bevæge sig væk fra hans berøring og at prøve at følge hans hånd, da han begyndte at trække sig væk for kun at støde igen.

Flere ting klaprede, da de faldt ned fra skrivebordet i processen.

Hans dybe, lydhøre grin fortalte mig, at jeg havde fået den ønskede reaktion.

Han fortsatte i samme tempo, drillede og vred lysterne i mig.

Hver gang mit ben begyndte at glide, fangede han bagsiden af mit knæ i krumningen af hans albue og placerede den tilbage på hans skulder.

Det tog mig ikke lang tid at ankomme, pustede og bandede hans navn.

Ruller mit hoved frem og tilbage på skrivebordet.

Knyter og slipper en hånd på hans hår nu.

Den anden masserede fraværende mit bryst gennem min bluse, som hun plejede at gøre, når hun var alene.

Mit sind var stadig uklar et par minutter senere.

Vejrtrækningen var en opgave.

Jeg var opmærksom på, at han sænkede sin fod, men jeg kunne ikke lukke mine ben, da han stadig stod mellem mine lår.

Han bevægede sig fra side til side i et par sekunder, før hans fingre kærtegnede mine følsomme underlæber og fik mig til at gyse.

Så gik han på pension igen.

Et øjeblik senere løftede han mit hoved direkte under mit øre, og hans tommelfinger kærtegnede mit kindbens stigning.

Den søde aroma af mine velkendte safter nåede min næse.

"Erika?"

Jeg mumlede noget... Jeg åbnede mine øjne kort for at se hans ansigt foran mit.

Knyttede han kæben sammen?

"Vil du have mere?"

Jeg blinkede denne gang.

Han slikkede mine læber.

Jeg prøvede at tale, men endte med at nikke.

Han udstødte en blød knurren.

"Sig det."

Min fisse knugede sig og mine øjne fokuserede et øjeblik.

Min stemme var hård, da jeg talte.

"Ja. Fuck mig, Robert."

Hans egne øjne så ud til at skinne.

Han tog en dyb indånding og gav mig et kort nik.

Jeg holdt hans hånd på min kind og mærkede, hvordan han skubbede mine trusser til side igen med venstre hånd, før hans pik rørte min fisse.

Presset frem.

Han puttede det i mig.

Vi gryntede i takt, da han gled ind.

Langsomt strækker mig tomme for tomme.

Og så hvilede hans lyske mod min.

Han gav et hurtigt stød med sine hofter, gik lidt dybere ind, hvilket fik min nakke til at bukke tilbage og mine hænder til at skyde op for at tage fat i hans arme.

Jeg spindede, mens han trak sig væk og skubbede fremad igen.

Han accelererede lidt.

Etablering af din rytme.

Min uregelmæssige vejrtrækning blev mere anstrengt.

Jeg kunne ikke stoppe med at slikke mine læber.

Så tæt på.

Han var så forbandet tæt på igen.

Hans venstre underarm hvilede på mig, og hans fingre børstede mit hår.

Jeg vendte hovedet mod hans berøring og lukkede øjnene.

Stønnede, da hans anden hånd skød og kærtegnede mit bryst eller hofte gennem mit tøj.

"Cum for mig."

Han pressede sine læber mod min pande og tog fat i mit knæ og trak det til sin hofte igen.

Min ryg krummede sig af hans ord.

Min kæbe faldt ved den måde, han bevidst kærtegnede mig på, både inde og ude.

Han blev ved med at skubbe mig over den klippe.

Kigger forbi.

Og så kvalte jeg hans navn og stivnede, før min krop drejede til højre og så til venstre.

Mumlende ord, han aldrig havde udtalt før...han vidste sikkert ikke engang, hvad de betød.

For helvede, det var nok ikke engang rigtige ord.

"Gud, du er så smuk, Erika."

Roberts pusten blev endnu mere anstrengt.

Lydene han lavede var berusende.

De fik mig til at vride mig under ham.

Jeg tror, jeg kom for anden gang, eller var det en tredje gang?

Før du mærker ham anspændt.

Han pressede hårdere.

Og så knurrede han mit navn, før han tabte sin krop ned på min.

Varmen fra hans krop sivede gennem lagene af vores svedfugtede tøj.

Hans hjerte bankede lige så vildt som mit mod mit bryst.

Eller måske var det mit, hvad jeg følte.

Så pressede hans hånd sig let ind i mit hår, og hans tommelfinger strøg fraværende min pande.

Jeg vekslede mellem at sluge luft og slikke mine læber.

Jeg kørte min hånd op og ned på bagsiden af hans venstre arm, som han havde stukket ind i min side efter sin løsladelse, når jeg var kommet mig nok til at huske, hvem vi var...hvor vi var.

Et efterskælv rystede min lænd og fik mine lemmer til at rykke.

Min fisse knugede sig, og hans pik rykkede inde i mig.

Vi stønnede begge.

Han løftede sin vægt af mig og kyssede mig blidt, inden han rejste sig helt op.

Jeg bed mig i læben i endnu en krampe i hans fulde tilbagetog, glad for at jeg stadig havde skrivebordet under mig som støtte.

Hypnotiseret kiggede jeg på den mand, jeg havde haft på min radar siden dag ét.

Det gik op for mig, at han havde tænkt på alt dette, siden han kom forberedt, da jeg så ham fjerne det brugte kondom, pakke det ind i et par servietter og smide pakken i min skraldespand.

Han stod foran mig, mens han lagde sin pik fra sig og tilpassede sine bukser.

Hun forventede, at han ville blive færdig med at ordne sit tøj, måske føre hånden gennem hans lidt rodede hår.

Men jeg blev overrasket, da han smilede til mig og lagde en hånd bag min skulder og hjalp mig med at placere mig.

At stå op.

Han tog mit ansigt i begge sine hænder og kyssede mig blidt.

Så trådte han tilbage og bøjede hovedet, mens han legede med mit hår.

Han justerede min skjorte over mine skuldre og glattede sine hænder ned foran over mine bryster.

Han rettede min nederdel med en anden hånd på min numse, så jeg rystede og smilede som et fjols.

"Du er præsentabel igen."

Hans stemme var meget blød.

Og hans skæve smil og lyse øjne gav væk, at han nok også stadig kom af adrenalinen.

Da jeg var sikker på min balance, brugte han mine fødder til at dreje mine hæle op og pege dem i den rigtige retning, så jeg kunne skubbe skoene på igen.

Fraværende førte jeg mine hænder over min krop fra bryster til røv for at sikre mig, at alt føltes godt, som om han ikke havde gjort det selv.

Så vendte jeg øjnene mod mit skrivebord og rynkede panden.

Mit overdimensionerede regneark var krøllet.

Der var et virvar af karakterer, der lignede et fremmedsprog på computerskærmen.

Og hæftemaskinen og blyantspanden manglede.

Jeg havde i det mindste været klog nok til at gemme min rapport, før han forførte mig.

De førnævnte ting dukkede pludselig op igen med to store mandlige hænder placeret i nærheden af min computer.

Det havde været den støj, han havde hørt før.

Næsten i slowmotion løftede jeg hovedet og indså, hvor godt den skræddersyede vest passede ham, før jeg låste mig ind i hans mørke blik.

I et langt øjeblik så Robert og jeg på hinanden.

Hans mundvig var stadig bøjet.

Jeg lagde mærke til, at min puls stadig kørte.

Efter blindt at have nået bag mig, fandt jeg et af armlænene og flyttede stolen tilbage på plads.

Det var først, da jeg satte mig op og vendte mig for at slette det volapyk , der var skrevet på computeren, at han talte.

"Hvad laver du, Erika?"

Jeg kiggede frem og tilbage mellem ham og monitoren et par gange.

"Efter at have afsluttet min rapport afbrød du. Den skal afleveres tirsdag morgen, og jeg tager den ikke med hjem i weekenden."

Han rykkede i manchetterne på sin skjorte og i enderne af sin vest, før han satte sig i den samme besøgsstol som før og krydsede sit højre knæ over sit venstre.

"Øh, hvad laver du, Robert?"

Han justerede knuden på sit varemærke-slips, så det var tættere på hans hals, og knugede derefter hænderne i skødet.

"Venter på, at du er færdig med din rapport."

Jeg løftede et øjenbryn.

"Så det?"

Robert gav mig et elegant smil.

" At tage hende med til middag, selvfølgelig, før du fortsætter dette i en mere behagelig indstilling til den bageste scanning. Hvis det glæder dig, fru Sanders."

Med et hop i pulsen og et ryk i hjørnet af mine egne læber vendte jeg tilbage til min skærm.

"Meget godt, hr. Gonzalez. Du burde være færdig her om cirka fem minutter."

ENDE

www.ingramcontent.com/pod-product-compliance
Lightning Source LLC
LaVergne TN
LVHW101949220826
846093LV00006B/155

* 9 7 9 8 2 2 3 1 0 6 5 5 5 *